W9-CMJ-154

LES GUÉRILLÈRES

OUVRAGES DE MONIQUE WITTIG

L'OPOPONAX, *roman,* 1964.
LES GUÉRILLÈRES, 1969.
LE CORPS LESBIEN, 1973.
VIRGILE, NON, *roman,* 1985.

Aux Éditions Grasset

BROUILLON POUR UN DICTIONNAIRE DES AMANTES,
en collaboration avec Sande Zeig, 1975.

MONIQUE WITTIG

LES GUÉRILLÈRES

LES ÉDITIONS DE MINUIT

7, rue Bernard-Palissy, 75006 Paris

ISBN 2-7073-0042-X

ESPACEMENTS DORÉS LACUNES
ILS SONT VUS LES DÉSERTS VERTS
ON LES RÊVE ON LES PARLERA
LES OISEAUX DE JAIS IMMOBILES
LES ARMES COUCHÉES AU SOLEIL
LE SON DES VOIX CHANTANTES
LES MORTES LES MORTES LES MORTES

CONNIVENCES RÉVOLUTIONS
C'EST L'ARDEUR AU COMBAT
CHALEUR INTENSE MORT ET BONHEUR
DANS LES POITRINES MAMELLÉES
LES PHÉNIX LES PHÉNIX LES PHÉNIX
CÉLIBATAIRES ET DORÉS LIBRES
ON ENTEND LEURS AILES DÉPLOYÉES

LES OISEAUX LES SIRÈNES NAGEANTES
LES ARÊTES TRANSLUCIDES LES AILES
LES SOLEILS VERTS LES SOLEILS VERTS
LES PRAIRIES VIOLETTES ET PLATES
LES CRIS LES RIRES LES MOUVEMENTS
ELLES AFFIRMENT TRIOMPHANT QUE
TOUT GESTE EST RENVERSEMENT.

Quand il pleut, elles se tiennent dans le kiosque. On entend l'eau frapper les tuiles et ruisseler sur les pentes du toit. Des franges de pluie entourent le pavillon du jardin, l'eau qui descend aux angles a un débit plus fort, il y a comme des sources qui creusent les cailloux à l'endroit où elles touchent le sol. A la longue quelqu'une dit que c'est comme un bruit de miction, qu'elle ne peut pas y tenir, en se mettant accroupie. Certaines alors font cercle autour d'elle pour regarder les nymphes chasser l'urine.

Elles se font peur en se cachant derrière les arbres. L'une ou l'autre demande grâce. Alors on se laisse attraper dans le noir en disant malheur à celle qui est vaincue. Ou bien on cherche, à tâtons en reniflant celle dont le parfum est honoré. L'amome l'anis le bétel la cannelle le cubèbe la menthe la réglisse le musc le gingembre le girofle la muscade le poivre le safran la sauge la vanille peuvent être honorés successivement. Les porteuses de ces parfums sont alors poursuivies dans le noir comme à colin-maillard. On entend des cris des rires des bruits de chute.

Il arrive que par temps gris elles se mettent à pleurer à chaudes larmes, en disant que sous le soleil les toits des maisons et les murs ont une tout autre couleur. Le brouillard est étendu sur l'eau sur les champs autour des maisons. Il pénètre derrière les fenêtres closes. Quelqu'une vient pour visiter la maison. Elle ne peut pas la voir. Les grands tableaux dont les couleurs sont violentes disparaissent derrière des vapeurs orange. Elle se laisse tomber par terre alors en demandant qu'on la distraie. On lui raconte avec beaucoup de détails l'histoire de celle qui, parlant de sa vulve, a coutume de dire que grâce à cette boussole elle peut naviguer du levant au couchant.

Quelques-unes nagent en se laissant dériver vers les dernières taches du soleil sur la mer. A l'endroit le plus lumineux, alors que, aveuglées, elles tentent de s'éloigner, elles disent qu'elles sont assaillies par une puanteur insupportable. Plus tard, elle sont prises de vomissements. Elles se mettent à gémir alors en forçant sur leurs bras, en nageant le plus vite qu'elles peuvent. A un moment donné elles heurtent la charogne flottante d'un âne, les remous de la mer font surgir par moments des parties gluantes informes d'une couleur indicible luisantes. Elles disent qu'elles ont crié de toutes leurs forces, en versant des larmes nombreuses, en déplorant que pas une brise marine ne se lève pour chasser l'odeur, en soutenant sous les bras et aux aines l'une d'entre elles qui s'est évanouie, tandis que les vomissures se multiplient autour d'elles à la surface de l'eau.

Si quelqu'une marche sur la côte c'est à peine si elle peut tenir debout. A travers les haies on aperçoit des colchiques blancs et violets ou des champignons à chapeaux roses. L'herbe n'est pas haute. Il s'y tient des génisses, nombreuses. Les maisons sont closes à partir des pluies d'automne. Dans les jardins il n'y a pas des petites filles qui jouent. Il n'y a pas des fleurs dans les plates-bandes. Quelques jouets sont à l'abandon, un cerceau de bois peint un olisbos rouge et bleu un ballon blanc un fusil de plomb.

On va au marché pour se procurer les provisions. On passe devant les étals de fruits de légumes de bouteilles de verre roses bleues rouges vertes. Il y a des entassements d'oranges orange d'ananas ocres de mandarines de noix de mangues vertes et roses de brugnons bleus de pêches vertes et roses d'abricots jaune orange. Il y a des pastèques des papayes des avocats des melons d'eau des amandes vertes des nèfles. Il y a des concombres des aubergines des choux des asperges du manioc blanc des piments rouges des citrouilles. Sur les bras nus des jeunes vendeuses, des guêpes sont posées qui vont et viennent.

Les chasseuses ont des chapeaux marron foncé et des chiens. Aux coups de fusil qu'on entend, Dominique Aron dit que l'oiseau vole encore, que le lièvre court encore, que le sanglier que le cerf que le renard que le phacochère courent encore. On peut surveiller les environs. Si quelque troupe s'avance sur la route et que s'élève un nuage de poussière, elles la regardent s'approcher en poussant des cris à la cantonade pour que les fenêtres soient fermées et les fusils tenus derrière les fenêtres. Anne Damien joue à ma sœur Anne ne vois-tu rien venir, je ne vois que l'herbe qui verdoie et la route qui poudroie.

Un cheval attelé à une charrette passe le soir. La charrette porte un amas de betteraves coupées ou des pommes de terre ou de l'herbe fourragère. Longtemps avant et longtemps après son passage on entend les

CE QUI LES DÉSIGNE COMME
L'ŒIL DES CYCLOPES,
LEUR UNIQUE PRÉNOM,
OSÉE BALKIS SARA NICÉE
IOLE CORÉ SABINE DANIÈLE
GALSWINTHE EDNA JOSÈPHE

sabots qui frappent le goudron de la route. Le cheval qui avance n'est pas conduit par quelqu'une.

Il y a quelque part une sirène. Son corps vert est couvert d'écailles. Son visage est nu. Les dessous de ses bras sont couleur d'incarnat. Quelquefois elle se met à chanter. Elles disent que de son chant on n'entend qu'un O continu. C'est ce qui fait que ce chant évoque pour elles, comme tout ce qui rappelle le O, le zéro ou le cercle, l'anneau vulvaire.

Au bord du lac il y a un écho. On s'y tient avec un livre ouvert dont les passages préférés sont redits de l'autre côté par la voix qui s'éloigne et répète. Au double écho, Lucie Maure crie la phrase de Phénarète, je dis que ce qui est, est. Je dis que ce qui n'est pas, est également. Quand elle reprend plusieurs fois la phrase, la voix dédoublée, puis triple, superpose sans cesse ce qui est et ce qui n'est pas. Les ombres couchées sur le lac bougent et se mettent à trembler à cause des vibrations de la voix.

On voit qu'elles ont entre les mains des petits livres dont elles disent que ce sont des féminaires. Il s'agit de nombreux exemplaires du même modèle ou bien il en existe de plusieurs sortes. Quelqu'une a écrit sur l'un d'eux un exergue qu'elles se répètent à l'oreille et qui les fait rire à gorge déployée. Quand il est feuilleté, le féminaire présente de nombreuses pages blanches sur lesquelles elles écrivent de temps à autre. Pour l'essentiel, il comprend des pages avec des mots imprimés en caractères majuscules dont le nombre est variable. Quelquefois il y en a un seulement ou bien la page peut en être remplie. Le plus souvent ils sont isolés au milieu de la page, bien espacés noirs sur fond blanc ou bien blancs sur fond noir.

Après que le soleil est levé, elles s'enduisent le corps d'huile de santal de curcuma de gardénia. Elles posent un pied en appui sur un tronc d'arbre. Les mains frottent alternativement leurs jambes dont la peau luit. Quelques-unes sont étendues. D'autres les massent du bout des doigts. Les corps nus brillent à cause de la grande lumière du matin. Un de leurs flancs est irisé d'un éclat doré. Le soleil levant fait de même quand il envoie ses rayons à l'oblique sur les troncs dressés et circulaires des arbres. Les arcs de cercle ainsi touchés réfléchissent un peu de la lumière, leurs contours s'estompent.

Il se crée au-dessus des collines des marais tourbeux. La fange qui les constitue a la couleur du henné. Il s'y forme des bouillonnements, des éclatements en surface, des bulles. Le bâton que l'on remue dedans est arrêté par des corps visqueux et mous. Il n'est pas possible de les amener au jour. Dès qu'on fait pression sur eux, ils se dérobent, ils échappent. Elles disent que par moments les éclatements les bulles sont accompagnés de gémissements de murmures. Le soleil évapore les marais. La vapeur qui s'élève ainsi a une odeur nauséabonde.

Les nomades ont une morte momifiée qu'elles sortent quand il ne pleut pas, à cause de l'odeur du corps qui n'est pas tout à fait sec. Elles l'exposent au soleil dans sa boîte. La morte est vêtue d'une longue tunique en velours vert, couverte de broderies blanches de parements dorés. Elles ont accroché des petites cloches à son cou, sur ses manches. Elles ont mis des médailles dans ses cheveux. Quand elles prennent la boîte pour la sortir, la morte se met à tinter de toutes parts. A tout moment quelqu'une sort sur les trois marches qui montent à la roulotte pour regarder les nuages. Quand le ciel est obscurci, elles s'y prennent à deux, rabattant le couvercle de la boîte et la portant à l'intérieur.

Les petites filles cherchent dans les buissons et sur les arbres les nids des chardonnerets des pinsons des linottes. Elles trouvent des serins verts qu'elles couvrent de

FLORE ZITA SAVÉ CORNÉLIE
DRAUPADI JULIENNE ETMEL
CHLOÉ DESDÉMONE RAPHAELE
IRIS VÉRA ARSINOÉ LISE
BRENDA ORPHISE HÉRODIADE
BÉRÉNICE SIGRID ANDOVÈRE

baisers, qu'elles tiennent contre leurs poitrines. Elles courent en chantant, elles sautent par-dessus les pierres. Elles sont cent mille qui regagnent les maisons pour abriter les oiseaux. Elles les ont dans leur empressement tenus trop étroitement contre elles. Elles ont couru. Elles se sont baissées pour ramasser des cailloux qu'elles ont jetés au loin par-dessus les haies. Elles n'ont pas pris garde à leurs pépiements. Elles sont montées tout droit dans leurs chambres. Elles ont tiré les oiseaux de leurs vêtements, elles les ont trouvés sans vie et la tête affaissée. Toutes alors ont tenté de les ranimer en les pressant contre leurs bouches, en laissant tomber sur eux leurs souffles chauds, en relevant les têtes molles, en touchant du doigt leurs becs. Ils sont restés inertes. Alors il y a cent mille petites filles qui pleurent la mort de leurs serins verts dans les cent mille chambres des cent mille maisons.

Quelque heure que l'on fixe pour désigner le commencement de l'action, il faut se hâter de finir avant le coucher du soleil. On peut apercevoir le bas des échelles posées à terre, le sommet est caché dans l'amoncellement des feuilles et des fruits. Les paniers au pied des arbres peuvent être pleins de cerises à ras bord. Il y a des belles de Choisy des cerises anglaises des griottes des marascas des cerises de Montmorency des bigaudelles des guignes. Elles sont noires blanches rouges translucides. Autour des paniers les guêpes les frelons font un grand mouvement. Leur bourdonnement peut être perçu de quelque endroit de la prairie où l'on se trouve. Elles montent dans les arbres, elles descendent les bras chargés de fruits. Certaines ont des corbeilles accrochées à la ceinture. Quelques-unes sont immobiles à des hauteurs diverses sur les échelons. D'autres se déplacent entre les branches. On les voit sauter à terre et se débarrasser de leur charge. Les rayons obliques du soleil passent sur les feuilles en les faisant briller. Le ciel est de couleur orange.

Elles disent qu'elles exposent leurs sexes afin que le soleil s'y réfléchisse comme dans un miroir. Elles disent qu'elles retiennent son éclat. Elles disent que les poils du pubis sont comme une toile d'araignée qui capture les rayons. On les voit courir à grandes enjambées. Elles sont tout illuminées en leur milieu, à partir des pubis des clitoris encapuchonnés des nymphes doubles et plissées. L'éclat qu'elles jettent en s'immobilisant et en se tournant de face fait que les yeux se fixent ailleurs n'en pouvant supporter la vue.

Quand la lune est pleine, on bat le tambour sur la place principale. Des tréteaux sont dressés. On y dispose des verres de toutes les couleurs et des bouteilles contenant des liquides diversement colorés. Certains de ces liquides sont verts rouges bleus, ils s'évaporent si on ne les utilise pas aussitôt que la capsule qui les bouche a été retirée. Chacune peut boire jusqu'à tomber ivre-morte ou bien jusqu'à perdre le contrôle d'elle-même. L'odeur des drogues qu'on a laissées s'échapper des bouteilles stagne sur la place, écœurante sucrée. Toutes boivent en silence debout ou étendues sur les tapis déroulés dans la rue. Alors elles font sortir les petites filles. On les voit se tenir à demi endormies effarées hésitantes. Elles sont invitées à user de leur pouvoir sur les corps étendus geignants. Les enfants vont de l'une à l'autre en tentant de les éveiller, en utilisant des pierres des seaux d'eau, en criant de toutes leurs forces, s'accroupissant pour être à la hauteur des oreilles des dormeuses.

Marthe Vivonne et Valérie Céru font un rapport. Elles disent que le fleuve monte tout droit entre ses bords. Les champs de fleurs sur ses rives sont entraînés par les eaux. Des corolles arrachées, à la renverse, tournoient dans le courant, chavirent. Il y a une odeur putride tout le long du fleuve. Le grondement comme d'une écluse rompue est entendu. Des barques retournées dérivent. Des arbres entiers sont emportés, leurs branches chargées de fruits traînant dans l'eau. Marthe Vivonne et Valérie Céru disent qu'elles n'ont pas vu de cadavres d'animaux. Elles disent que longtemps sur le chemin du retour elles ont entendu le roulement du fleuve, les heurts du courant contre son lit.

Les promenades avec les glénures tenues en laisse ne se font pas sans mal. Leurs corps longs et filiformes reposent sur des milliers

AIMÉE POMME BARBE
BÉNÉDICTE SUZANNE
CASSANDRE OSMONDE
GENE HERMINIE KIKA
AURÉLIE EVANGÉLINE
SIMONE MAXIMILIENNE

de pattes. Sans cesse, elles essaient de se déplacer vers un autre endroit que celui où on est. Leurs yeux innombrables sont rangés autour d'un orifice géant qui leur sert de bouche en même temps qu'il leur tient lieu de tête. Une membrane molle et extensible la remplit, pouvant se tendre et se détendre, chacun de ses mouvements produisant un son différent. On compare le concert des glénures aux fifres aux tambours aux coassements des crapauds aux miaulements des chats en rut aux sons aigres d'une flûte. Les promenades avec les glénures sont interrompues à tout moment. La cause en est qu'elles s'enfilent systématiquement dans les interstices qui peuvent donner passage à leur corps, les grilles des jardins publics, les grilles des égouts par exemple. Elles y entrent à reculons, le volume de leurs têtes les arrête à un moment donné, elles se trouvent coincées, elles se mettent à pousser des cris épouvantables. Il faut alors les dégager de là.

Elles disent que dans le féminaire le gland du clitoris et le corps du clitoris sont décrits comme encapuchonnés. Il est écrit que le prépuce à la base du gland peut se mouvoir le long de l'organe en provoquant une vive sensation de plaisir. Elles disent que le clitoris est un organe érectile. Il est écrit qu'il bifurque à droite et à gauche, qu'il se coude, se prolongeant dans deux corps érectiles, appuyés contre l'os pubien. Ces deux corps ne sont pas visibles. L'ensemble est une zone érogène intense qui irradie tout le sexe en en faisant un organe impatient au plaisir. Elles le comparent au mercure aussi appelé vif-argent pour sa promptitude à se disséminer, à se propager, à changer de forme.

Danièle Nervi, en creusant des fondations, a déterré un tableau où est représentée une jeune fille. Elle est toute plate et blanche couchée sur le côté. Elle n'a pas de vêtements. Les seins sont à peine visibles sur le torse. L'une de ses jambes, repliée pardessus l'autre, fait monter haut la cuisse, cachant ainsi le pubis et la vulve. Ses cheveux longs lui dissimulent une partie des épaules. Elle sourit. Elle a les yeux fermés. Elle est à demi appuyée sur un coude. L'autre bras forme une anse au-dessus de la tête, la main tenant près de sa bouche une grappe de raisins noirs. Elles rient alors. Elles disent que Danièle Nervi n'a pas encore déterré le couteau sans lame et dépourvu de manche.

Marthe Ephore a fait tous les calculs. Les ingénieurs se sont trompées. Ou bien l'eau qui parvient du versant des montagnes est insuffisante pour alimenter le lac au-delà du barrage, même par temps de crue. Ou bien elles ont fait une erreur sur l'emplacement de la construction qu'elles ont disposée trop en amont par rapport au point de réunion des cours d'eau. Tous les matins les ingénieurs arrivent sur le barrage qu'elles parcourent en tous sens, marquant de l'empreinte de leurs pieds le ciment encore frais, de sorte qu'après leur départ une équipe de maçonnes doivent s'employer à les faire disparaître. Certaines courent en tenant leur parapluie haut levé, en donnant des ordres. D'autres se promènent tranquillement. Sur la berge du lac ou de ce qui devrait être un lac, des jeunes filles en bermudas marchent en se tenant par la main.

Elles disent que la déesse Eristikos a une tête d'épingle et des yeux jaunes. Elles disent que ce qu'aime la déesse Eristikos, ce sont les parfums. Pour l'honorer on porte à même la peau des vêtements faits d'herbes odorantes. On les enflamme la nuit venue en mettant le feu à chaque brin. Elles sont disposées en cercles, leurs vêtements dans l'obscurité sont incandescents. Elles se tiennent immobiles, les bras étendus de part et d'autre du corps. L'herbe en brûlant grésille et produit une odeur. Des fumées sont en train de s'éparpiller. Quand la chaleur atteint la peau, elles arrachent brutalement leurs tuniques et les jettent en tas. C'est ce qui fait qu'elles doivent sans cesse en fabriquer de nouvelles.

Il existe une machine à enregistrer les écarts. Elle est posée sur un socle d'agate. C'est un parallélépipède de peu de hauteur, au centre d'une prairie semée de pâquerettes au printemps, en été de marguerites, en automne de colchiques blancs et bleus. Les calculs qui s'opèrent dans la machine sont à tout moment signalés par des cliquetis des déclics des sons aigus des timbres tin-

CALYPSO JUDITH ANNE
ISEUT KRISTA ROBERTE
VLASTA CLÉONICE RENÉE
MARIA BÉATRICE REINE
IDOMÉNÉE GUILHERMINA
ARMIDE ZÉNOBIE LESSIA

tinnabulants, des espèces de bruits comparables à ceux d'une caisse enregistreuse. Il y a des lumières qui s'éteignent et qui s'allument suivant des intervalles de temps irréguliers. Elles sont rouges orange bleues. Les orifices qui leur donnent passage sont circulaires. Tous les écarts sont sans cesse enregistrés dans la machine. Une même unité les mesure quelle que soit leur espèce. La position dans la prairie de la machine à enregistrer les écarts ressemble à celle d'une certaine fontaine gardée par des jeunes filles porteuses d'épées flamboyantes. Mais la machine n'est pas gardée. Son abord est aisé.

Elles rappellent l'histoire de celle qui a longtemps habité là où les chameaux passent. Tête nue sous le soleil, Clémence Maïeul a sans cesse invoqué Amaterasu la déesse du soleil, en coupant ses cheveux en abondance, en se baissant par trois fois vers le sol qu'elle frappe de ses mains et en disant, je te salue, grande Amaterasu, au nom de notre mère, au nom de celles qui vont venir. Que notre règne arrive. Que cet ordre soit rompu. Que les bons et les méchants soient abattus. Elles disent que Clémence Maïeul a souvent dessiné sur le sol l'O qui est le signe de la déesse, le symbole de l'anneau vulvaire.

Elles disent qu'aussi bien n'importe laquelle d'entre elles pourrait invoquer une autre déesse du soleil, Cihuacoatl par exemple, qui est en même temps déesse guerrière. On pourrait par exemple à l'occasion de la mort de l'une d'elles se servir du vieux chant de deuil qui est un chant glorieux. Elles chantent alors toutes ensemble, fille forte et belliqueuse, ma fille tant aimée / fille vaillante et tendre petite colombe, ma dame / tu as fait des efforts et travaillé comme une fille vaillante / tu as vaincu, tu as fait comme ta mère la dame Cihuacoatl / tu as combattu avec vaillance, tu t'es servie du bouclier et de l'épée / lève-toi ma fille / va à ce lieu bon qui est la maison de ta mère le soleil / où toutes sont pleines de joie de contentement et de bonheur.

Elles sautent sur des chemins qui vont vers des villages en secouant leurs cheveux, les bras chargés de cynocéphales, en frappant le sol de leurs pieds. Quelqu'une s'arrêtant arrache une poignée de ses cheveux longs et les fait s'en aller un à un sur le vent. A la façon des ballons que les petites filles lâchent les jours de fête, s'élevant dans le ciel, légers inconsistants filiformes et se tortillant, ils sont soufflés vers le haut par le vent. Ou bien elles chantent ensemble une chanson qui comprend ces paroles, qui jusqu'alors m'a têté le bout du sein / un singe. / Elles jettent alors tous les cynocéphales et se mettant à courir, elles les poursuivent sous l'abri des bois, jusqu'à ce qu'ils aient disparu dans les arbres.

Elles disent, comment déterminer un événement digne de mémoire ? Faut-il qu'Amaterasu elle-même s'avance sur le parvis du temple, le visage brillant, aveuglant tous les yeux de celles qui, prosternées, posent leurs fronts sur le sol et n'osent pas relever la tête ? Faut-il qu'Amaterasu élevant très haut le miroir circulaire tonne de tous ses feux ? Faut-il que ses rayons par le biais du miroir incendient la terre sous les pas de celles qui sont venues rendre hommage à la déesse du soleil, la plus grande des déesses ? Faut-il que sa colère soit exemplaire ?

Elles disent que les références à Amaterasu ou à Cihuacoatl ne sont plus de mise. Elles disent qu'elles n'ont pas besoin des symboles ou des mythes. Elles disent que le temps où elles sont parties de zéro est en train de s'effacer dans leurs mémoires. Elles disent qu'elles peuvent à peine s'y référer. Quand elles répètent, il faut que cet ordre soit rompu, elles disent qu'elles ne savent pas de quel ordre il est question.

Qu'est-ce que le début ? disent-elles. Elles disent qu'au début elles sont pressées les unes contre les autres. Elles ressemblent à des moutons noirs. Elles ouvrent la bouche pour bêler ou pour dire quelque chose mais pas un son ne sort. Leurs cheveux leurs poils frisés sont appliqués contre les fronts. Elles se déplacent sur la surface lisse, brillante. Leurs mouvements sont des translations, des glissements. Elles sont étourdies

IDO BLANCHE VALENTINE
GILBERTE FAUSTA MONIME
GÉ BAUCIS SOPHIE ALISE
OCTAVIE JOSIANE GAIA
DEODATA KAHA VILAINE
ANGE FRÉDÉRIQUE BETJE

par les reflets au-devant desquels elles vont. Leurs membres à nul point ne peuvent s'accrocher. A la verticale, à l'horizontale, c'est la même glace ni froide ni chaude, c'est la même brillance qui nulle part ne les retient. Elles avancent, il n'y a pas d'avant, il n'y a pas d'arrière. Elles progressent, il n'y a pas de futur, il n'y a pas de passé. Elles se meuvent lancées les unes contre les autres. Les mouvements qu'elles amorcent avec leurs membres inférieurs ou avec leurs membres supérieurs multiplient les déplacements. S'il y a eu un déplacement initial c'est un fait qui contredirait leur fonctionnement immuable. Ce serait une variation fondamentale qui contredirait le système d'ensemble, il instaurerait le désordre. Elles vont ou elles viennent enfermées dans quelque chose d'étincelant et de noir. Le silence est total. Si parfois elles tentent de s'arrêter pour écouter quelque chose, le bruit d'un train, la sirène d'un bateau, la musique de X X, leur mouvement d'arrêt les propulse de part et d'autre d'elles-mêmes, les fait osciller, leur donne un départ nouveau. Elles sont prisonnières du miroir.

Elles disent que le féminaire divertit les petites filles. Par exemple trois sortes de nymphes y sont mentionnées. Les nymphes naines sont triangulaires. Ce sont, accolés, deux replis étroits. Elles sont presque invisibles parce que les lèvres les dissimulent. Les nymphes moyennes ont l'aspect d'une feuille de liliacée. Elles sont en forme de demi-lune ou triangulaires. On les voit sur toute leur longueur raides souples bouillonnantes. Les grandes nymphes déployées ressemblent à des ailes de papillon. Elles sont hautes triangulaires ou quadrangulaires, très apparentes.

Elles disent qu'étant porteuses de vulves elles connaissent ce qui les caractérise. Elles connaissent le mont le pénil le pubis le clitoris les nymphes les corps et les bulbes du vagin. Elles disent qu'elles s'enorgueillissent à juste titre de ce qui a longtemps été considéré comme l'emblème de la fécondité et de la puissance reproductrice de la nature.

Elles disent que le clitoris a été comparé à un noyau de cerise, à un bourgeon, à une jeune pousse, à un sésame décortiqué, à une amande, à une baie de myrte, à un dard, au canon d'une serrure. Elles disent que les grandes lèvres ont été comparées aux deux valves d'un coquillage. Elles disent que la face cachée des nymphes a été comparée à la pourpre de Sidon, au corail des tropiques. Elles disent que la cyprine a été comparée à l'eau de mer iodée salée.

Elles disent qu'elles ont trouvé des inscriptions sur des murs de plâtre où des vulves ont été dessinées comme les enfants dessinent les soleils avec de multiples rayons divergents. Elles disent qu'il a été écrit que les vulves sont des pièges des étaux des tenailles. Elles disent que le pénil a été comparé à la proue d'un bateau à son étrave au peigne d'un coquillage. Elles disent que les vulves ont été comparées aux abricots aux grenades aux figues aux roses aux œillets aux pivoines aux marguerites. Elles disent qu'on peut réciter les comparaisons à la façon de litanies.

Anémone Flavien leur raconte l'histoire de la marchande d'épingles qui frappe à la porte de la jeune fille. Quand la jeune fille ouvre la fenêtre et se penche, le chat blanc lui passe devant la figure, ce qui la fait crier. Ses cheveux pendent du côté où elle est penchée. La marchande alors lui présente des épingles dans ses mains ouvertes. Elles ont des têtes vertes rouges bleues. Quand la marchande se tord le pied, elle lâche toutes ses épingles entre les pavés disjoints. La jeune fille se plaint tout haut que sa parure va être gâchée. Une petite fille qui passe se met à ramasser les épingles rouges vertes bleues, elle les pose en se relevant dans les mains de la marchande. La marchande d'épingles lève la tête vers le ciel, elle se met à courir en ouvrant les mains, en riant de toutes ses forces, en jetant partout les épingles vertes rouges bleues, la petite fille la suit à cloche-pied, tandis que la jeune fille se met à pousser des cris perçants à sa fenêtre.

Ou bien elles jouent à un jeu. Il y a toute une rangée de crapauds, les yeux exorbités. Ils sont immobiles. Le premier qui est

OTTONE KAMALA POMARÉ SIGISMONDE MARCELINE GALATÉE ZAÏRE ÉVELINE CONSTANCE ANNONCIADE VICTOIRE MARGUERITE ROSE JULIE AGLAÉ LÉDA

atteint d'un coup de pied bascule d'un bloc sur le côté à la façon d'un mannequin bourré de paille et sans un cri. Les autres s'enfuient en sautant. Leurs dos sont visibles par moments au-dessus des luzernes et des trèfles roses. Ils ressemblent à des gros poulets, tête baissée, picorant et regardant le sol. Ils ne progressent pas régulièrement. Quelques-uns plus rapides sont loin en avant. L'un d'eux disparaît dans la haie. Il est bientôt suivi des autres, à l'exception d'un seul qui continue à errer dans le champ.

Ou bien les trois chats sont retenus par la queue dans un piège. Ils vont chacun de son côté et miaulant. Le piège lourd avance lentement derrière eux par saccades. Ils crient, ils se ruent, grattant le sol de leurs griffes. Leur poil est hérissé. L'un d'eux se tient immobile et se met à faire le dos rond en grinçant des dents et en hurlant. Les deux autres chats s'efforcent de l'ébranler en tirant sur le piège. Mais ils ne parviennent qu'à le faire culbuter dans le carcan d'acier. Tous trois alors se battent, ils se jettent les uns contre les autres griffant et mordant, ils se blessent les yeux, le museau, ils s'arrachent les poils dans le cou, ils ne peuvent plus s'arrêter de se battre et le piège qui se jette dans leurs jambes ne fait qu'accroître leur fureur.

Fabienne Jouy raconte une histoire de loups. Ça commence comme ça, la neige verglacée luit. Elle dit que ça se passe au soleil couchant. Ça continue comme ça, le soleil est rouge, bas dans le ciel, énorme. Les corps étendus ne bougent pas. Des armes posées près d'eux il provient quelque éclat de lumière, faible. Les premiers cris des loups sont entendus avant le coucher du soleil. Ils sont lointains épars espacés. Ils font une clameur. Ils sont proches. Des ombres vont et viennent, fuient sous les arbres, quittent l'abri des bois, s'approchent, reculent. Les hurlements des loups ne cessent pas. Les corps immobiles étendus dans la neige sont rejoints par la masse mouvante indécise des loups. Les oreilles droites, les pattes tremblantes, ils sont au-dessus des visages, ils reniflent les joues les bouches, ils vont et viennent, ils se précipitent. Les visages sont déchiquetés. La figure blanche de la belle Marie Viarme pend, détachée du tronc, sectionnée à la gorge. On aperçoit le ruissellement subit du sang sur ses joues. Les vêtements sont lacérés, les corps à demi dévorés baignent dans une mare immonde rouge noire, la neige en est teinte. Les loups halètent, ils vont et viennent, abandonnant un corps, le reprenant, courant à un autre, les pattes tremblantes, les langues pendantes. Dans le crépuscule les yeux des loups se mettent à briller. Fabienne Jouy a terminé son histoire quand elle dit, on ne sait pas de quel côté souffle le vent. Les commentaires ne sont pas recommandés après que quelqu'une a raconté une histoire. Malgré cela Cornélie Surger ne peut pas s'empêcher de dire, au diable les histoires de loups, si encore il était question de rats, oui si seulement c'étaient des rats.

Elles cassent les noix pour en retirer l'huile. Elles portent les particules au pressoir où elles sont concassées. Les cerneaux sont disposés sur la meule. La longue vis de bois qui fait tourner la meule est ferrée. Des filets d'huile débordent. On écrase en même temps des graines de sésame des graines de pavot. Des pétales de fleurs macérées, des œillets des simples des mauves sont pressés par la meule. Les fleurs blanches et parfumées du myrte servent également à la préparation d'une huile qui est l'eau des anges. On la recueille dans une vasque de pierre. Dans la pièce surchauffée des vapeurs oléagineuses passent. Les murs sont gras, suintants. Elles détachent leurs cheveux, elles les trempent dans les bains aromatiques. Leurs mains et leurs bras sont luisants, leurs seins sont nus.

Les bords du fleuve sont boueux. L'eau noire semble profonde. Avec un bâton on n'en touche pas le fond. Des iris d'eau bleu pâle, des nénuphars rouges sont accrochés aux racines des arbres qui débordent au-dessus de la berge. Les têtes des nageuses apparaissent là-bas au milieu du fleuve, elles se confondent avec leur reflet sur l'eau. Quelque péniche noire remontant le fleuve est toujours sur le point de les atteindre. Les nageuses, touchées, il semble, s'engloutissent. Mais leurs têtes réapparaissent rondes, ballottées par le remous. Le sifflement long et strident d'une gardienne d'écluse se fait entendre. Il y a une fumée quelque part en amont. Le soleil n'est plus visible. L'eau

AUBIERGE CLARISSE PHÈDRE
EUDOXIE OLIVE IO MODESTE
PLAISANCE HYGIE LOUISE
CORALIE ANÉMONE TABITHA
THELMA INGRID PRASCOVIE
NATHALIE POMPEIA ALIÉNOR

s'obscurcit de plus en plus jusqu'à perdre son apparence liquide.

Elles regardent des vieilles images, des photographies. Quelqu'une les explique. Par exemple la série de la fabrique de textile. C'est un jour de grève. Les ouvrières font un piquet de grève dans le champ où les bâtiments sont implantés. Elles tournent en rond l'une derrière l'autre en chantant en frappant des pieds contre le sol en battant des mains. Elles ont des blouses noires et des écharpes de laine. Toutes les fenêtres, toutes les portes de la fabrique sont fermées. L'une ou l'autre d'entre elles porte à bout de bras une pancarte où les mots d'ordre sont inscrits, peints en rouge sur le papier blanc. Sous leurs pieds dans le champ il y a un cercle de terre battue.

Ou bien quelqu'une commente la série de photographies des manifestations. Les manifestantes avancent en tenant toutes un livre dans une main levée. Les visages sont remarquables par leur beauté. Leur foule compacte déferle sur la place, rapide quoique sans violence, portée par le mouvement interne que lui impose sa masse. D'énormes mouvements s'effectuent en divers points de la place quand les manifestantes tentent de s'arrêter autour des groupes d'une ou de plusieurs parleuses. Mais elles sont immédiatement poussées entraînées par les milliers de jeunes femmes qui les suivent et qui s'arrêtent à leur tour. Malgré les perturbations que les mouvements particuliers font subir à l'ordre général, il n'y a pas de piétinements, il n'y a pas de cris, il n'y a pas de courses subites et forcées, les parleuses peuvent se tenir immobiles. A un moment donné la foule amorce un mouvement général d'arrêt. Il lui faut quelque temps pour s'immobiliser tout à fait. Là-bas des allocutions ont commencé, les voix dans les hauts-parleurs sollicitent l'attention des manifestantes.

Les grues ont mis au jour les radicelles d'un arbre. Avec des pinces elles ont décollé de la terre les extrémités filiformes cassantes frisées. Des feuilles racornies atrophiées pourries y sont accrochées. En délimitant systématiquement les zones dans lesquelles l'arbre s'est nourri, elles sont arrivées au centre de l'arbre, au tronc. Elles ont dégagé l'arbre enterré tout entier, branches feuilles tronc racines. Le tronc rongé blanchi est comme transparent. Les branches et les racines se ressemblent. Des branches et des racines principales partent des rameaux qui font un réseau compliqué et chevelu, à peine encombré par endroits de quelques feuilles, de quelques fruits.

La corvée d'eau est signalée avec une crécelle de bois très dur, buis ou santal, qui, agitée, produit un bruit discordant. On recueille l'eau dans des cuves de capacité énorme. D'autres sont disposées dans des souterrains que la marée envahit. D'une façon générale il y a toujours de l'eau en abondance. On l'utilise pour détremper les sols avant d'entreprendre les travaux. C'est ainsi qu'on peut délimiter les tracés des allées supplémentaires, creuser des tranchées, établir de nouvelles terrasses, aménager des ronds-points.

Laure Jamais commence son histoire par, plume, plume l'escargot, petit haricot. Il s'agit d'Iris Our. Laure Jamais dit, est-elle ou n'est-elle pas morte ? Les nerfs se relâchent. Elle bouge plus faiblement. La carotide tranchée laisse passer le sang à flot. Il y en a sur les vêtements blancs. Il a coulé sur la poitrine, il s'est répandu, il y en a sur les mains. Quoique brillant, il semble figé et épais. Des caillots ont formé des croûtes sur les vêtements. Les bras sont ballants de chaque côté d'Iris Our. Les jambes sont étendues. Une mouche vole et se pose. Plus tard on l'entend de nouveau bourdonner. La fenêtre est ouverte, de l'autre côté les branches d'un acacia vert pâle sont en mouvement. On ne voit pas le ciel. Isabelle Our a les yeux fermés. Sur sa bouche il y a une espèce de sourire, les dents sont découvertes. Plus tard le sourire s'élargit, c'est un rire qui commence. Pourtant la carotide tranchée ne permet pas à un son de se former sur les lèvres, sinon à un gargouillement qu'on peut attribuer à la déglutition du sang.

DÉMONE ÉPONINE GABRIELLE FULVIE ALEXANDRA JUSTINE PHILOMÈLE CÉLINE HÉLÈNE PHILIPPINE ZOÉ HORTENSE SOR DOMINIQUE ARABELLE MARJOLAINE LOYSE ARMANDE

Les premières nageuses qui s'avancent dans la rade du fleuve font sauter les poissons volants. Ils ont des corps ronds de couleur safran. On les voit se soulever hors de l'eau, s'élever. Ils retombent avec bruit. De toutes parts les poissons se mettent à sortir de l'eau. A un moment donné les nageuses se trouvent dans le banc. Les mains les pieds les bras les jambes heurtent des corps housciformes, les font surgir. Entre le ciel bleu pâle et l'eau ocre, il y a les corps rouges des poissons qui s'éloignent en sautant.

Elles regardent une vieille gravure en couleurs. Quelqu'une la raconte en disant ce sont des femmes en uniforme bleu roi qui marchent en escadre. Elles sont une quinzaine. Leurs pantalons ont un liseré noir sur les côtés. Les uniformes portent des boutons dorés. Elles avancent au son d'une musique de fifre. Au-dessus de leurs têtes les arbres sont agités par le vent. Des fleurs blanches d'acacias et des fleurs de tilleuls tombent sur leurs épaules. L'une d'elles se met à rire. Sur la place le bruit de la fontaine est si fort qu'il couvre la musique. Mais, soit que les instrumentistes aient redoublé leurs efforts, soit qu'ils aient été à la hauteur de la fontaine, à un moment donné on ne perçoit plus que vaguement le bruit de l'eau. Les fenêtres des maisons sont ouvertes. Des têtes n'y apparaissent pas. Elles longent toute la grande rue et elles s'arrêtent sous les arcades. Leur ordre de marche est rompu. Elles entrent en bavardant et les personnes assises dans le café, tournant la tête de leur côté, les regardent. Au milieu des uniformes bleu roi, il y a une femme tout habillée de rouge, en uniforme également.

A propos des féminaires elles disent par exemple qu'elles ont oublié le sens d'une de leurs plaisanteries rituelles. Il s'agit de la phrase, c'est vers le soir que l'oiseau de Vénus prend son vol. Il est écrit que les lèvres des vulves ont été comparées à des ailes d'oiseau, d'où le nom d'oiseau de Vénus qui leur a été donné. Les vulves ont été comparées à toutes sortes d'oiseaux, par exemple à des colombes, à des sansonnets, à des bengalis, à des rossignols, à des pinsons, à des hirondelles. Elles disent qu'elles ont déterré un vieux texte où l'auteur comparant les vulves aux hirondelles dit qu'il n'en connaît pas qui aille mieux ny ait l'aisle si vite. Cependant, c'est vers le soir que l'oiseau de Vénus prend son vol, elles disent qu'elles ne savent pas ce que ça veut dire.

La toison d'or est une des appellations qui a été donnée aux poils qui recouvrent le pubis. Quant aux quêtes des toisons d'or auxquelles certains mythes des temps anciens font allusion, elles disent qu'elles en savent peu de chose. Elles disent que le fer à cheval qui est une représentation vulvaire a été longtemps considéré comme un porte-bonheur. Elles disent que les figures les plus anciennes pour décrire les vulves ressemblent à des fers à cheval. Elles disent qu'en effet c'est par de tels dessins qu'elles sont désignées sur les parois des grottes paléolithiques.

Elles disent que les féminaires privilégient les symboles du cercle, de la circonférence, de l'anneau, du O, du zéro, de la sphère. Elles disent que cette série de symboles leur a donné un fil conducteur pour lire un ensemble de légendes qu'elles ont trouvées dans la bibliothèque et qu'elles ont appelées le cycle du graal. Il y est question des quêtes pour retrouver le graal entreprises par un certain nombre de personnages. Elles disent qu'on ne peut pas se tromper sur le symbolisme de la table ronde qui a présidé à leurs réunions. Elles disent qu'à l'époque où les textes ont été rédigés, les quêtes du graal ont été des tentatives singulières uniques pour décrire le zéro le cercle l'anneau la coupe sphérique contenant le sang. Elles disent qu'à en juger par ce qu'elles savent de l'histoire qui a suivi, les quêtes du graal n'ont pas abouti, qu'elles en sont restées à l'ordre du récit.

Il y a aussi les légendes où les jeunes femmes ayant dérobé le feu leurs vulves en ont été les porteuses. Il y a l'histoire de celle qui s'est endormie cent ans pour s'être blessé le doigt à son fuseau, le fuseau étant donné pour le symbole du clitoris. A propos de cette histoire, elles font beau-

OUGARIT EMÈRE BERTHE
JOAN ELIANE FEODISSIIA
TORE SULEMNA AMARANTE
JIMINIE CRETESIPOLIS
VESPERA HEGEMONIE MAY
DORIS FORZITIA HÉMANÉ

coup de plaisanteries sur la maladresse de celle à qui les précieuses indications d'un féminaire ont manqué. Elles disent en riant qu'il faut qu'elle ait été le phénomène dont il est parlé par ailleurs, celle qui, à la place de la petite langue prompte au plaisir, a eu un dard venimeux. Elles disent qu'elles ne comprennent pas qu'on l'ait appelée la belle au bois dormant.

Blanche Neige court dans la forêt. Ses pieds se prennent dans les racines des arbres, ce qui fait qu'elle trébuche à tout moment. Elles disent que les petites filles connaissent l'histoire par cœur. Rose Ecarlate derrière la suit, contrainte de courir en criant. Blanche Neige dit qu'elle a peur. Blanche Neige dit en courant, o mes aïeux, je me jette à vos sacrés genoux. Rose Ecarlate rit. Elle rit tellement qu'elle tombe, qu'elle se met en colère pour finir. Hurlant de rage, Rose Ecarlate poursuit Blanche Neige avec un bâton, menaçant de l'assommer si elle ne s'arrête. Blanche Neige plus blanche que la soie blanche de sa tunique se laisse tomber au pied d'un arbre. C'est alors que Rose Ecarlate rouge comme une pivoine ou bien rouge comme une rose rouge va et vient avec fureur devant elle, en frappant la terre de son bâton en criant, tu n'en as pas, tu n'en as pas. Blanche Neige tourne la tête à droite pour voir passer Rose Ecarlate, puis à gauche pour la voir repasser tandis qu'elle répète de plus en plus fort, tu n'en as pas, tu n'en as pas, si bien que pour finir Blanche Neige demande, qu'est-ce que je n'ai pas ? ce qui a pour effet d'immobiliser Rose Ecarlate disant, des sacrés aïeux, tu n'en as pas. Blanche Neige dit qu'elle veut bien s'en passer, d'autant plus qu'elle n'a plus peur du tout et s'emparant d'un bâton, elle se met à courir de tous côtés, on peut la voir cogner de toutes ses forces contre les troncs des arbres, cinglant les souples arbustes, frappant les racines moussues. A un moment donné, elle donne un grand coup de bâton à Rose Ecarlate endormie au pied d'un chêne et ressemblant à une grosse racine, rose comme une rose rose.

Elles disent qu'elles ont trouvé des appellations en très grand nombre pour désigner les vulves. Elles disent qu'elles en ont retenu quelques-unes pour leur amusement. La plupart ont perdu leur sens. Si elles se réfèrent à des objets, ce sont des objets à présent tombés en désuétude, ou bien il s'agit de noms symboliques, géographiques. Il ne s'en trouve pas une parmi elles pour les déchiffrer. Les comparaisons par contre ne posent pas de problèmes. Par exemple quand on a comparé les nymphes à des violettes, ou bien les vulves dans leur aspect général à des oursins, à des étoiles de mer. Des périphrases telles que sexes aux doubles embouchures sont relevées par les féminaires. Les textes disent également des vulves qu'elles ressemblent à des ulves, à des volutes. C'est un œil enfermé dans ses paupières qui bouge qui brille qui s'humidifie. C'est une bouche avec ses lèvres sa langue son palais rose. Les féminaires, outre les cercles, les anneaux donnent pour symboles des vulves les triangles coupés d'une bissectrice les ovales les ellipses. Les triangles ont été figurés dans tous les alphabets par une ou par deux lettres. On peut styliser les ovales ou les ellipses sous forme de losanges, ou bien sous forme de croissants de lune, c'est-à-dire des ovales partagés en deux. Ce sont les mêmes symboles sur les bagues ovales dont les chatons entourent des pierres de toutes les couleurs. D'après les féminaires les bagues sont contemporaines des expressions telles que les bijoux les trésors les pierres pour désigner les vulves.

Elles disent qu'il se peut que les féminaires aient rempli leur office. Elles disent qu'elles n'ont pas les moyens de le savoir.

Elles disent que tout imprégnés qu'ils sont de vieux textes qui pour la plupart ne sont plus entre leurs mains, ils leurs semblent démodés. Tout ce qu'on peut en faire pour ne pas s'encombrer d'un savoir inutile c'est de les entasser sur les places et d'y mettre le feu. Il y aurait là le prétexte à des fêtes.

Parfois il pleut sur les îles orange vertes bleues. Une brume alors se tient au-dessus d'elles sans dissimuler leurs couleurs. L'air que l'on respire est opaque et mouillé. Les poumons sont comme des éponges imbibées d'eau. Les requins avalent les colliers qu'on jette par-dessus bord pour les éloigner, les verroteries en enfilade, les boules laiteuses. Certains restent accrochés aux dents de quelque requin qui se tourne et se retourne pour s'en débarrasser. Il se peut qu'on aperçoive son ventre blanc. Une végétation équatoriale est vue sur les rivages. Les arbres sont tout près de la mer. Ce sont des bananiers des arengas des oréodoxes des euterpes des aréquiers des lataniers des caryotes des éléis. A moins que ce soient les chênes verts de l'Ecosse. Il n'y a pas d'abri le long des plages, il n'y a pas d'anse, il n'y a pas de port. Les îles sont ceinturées d'une frange de mer bleu de céruléum. Elles se tiennent par exemple sur le pont du bateau. Marie-Agnès Smyrne vomit les quarante-sept oranges que par jeu elle a avalées entières. Elles tombent de sa bouche une à une, des filets de salive les accompagnent. A un moment donné les sirènes des bateaux sont entendues.

A chacune de leurs avances, elles poussent un cri bref. Quand elles s'arrêtent, leurs voix ont de longues modulations. Elles se déplacent à la façon des kangourous, jambes jointes sur lesquelles elles se plient pour prendre leur élan. Parfois elles tournent sur elles-mêmes comme des toupies, la tête dans leurs bras. C'est dans ce mouvement qu'elles exhalent un parfum d'arum de lys de verveine qui se répand d'un seul coup dans l'espace autour d'elles. Le parfum est différent suivant la vitesse de leurs rotations. Il se décompose en passant par des tonalités diverses. Cela sent alors le réséda le lilas le gardénia ou bien le pois de senteur le volubilis la capucine. Cela sent la rose cuite le litchi le raisin de Corinthe. Cela sent les feuilles qui pourrissent dans la terre, les cadavres d'oiseaux. Quand la nuit tombe, elles quittent leurs fourrures pour se coucher. Elles les disposent en formes de sacs, elles les suspendent aux branches des arbres et se glissent à l'intérieur. Leur colonie est vue couvrant les arbres, à perte de vue, de grosses boules de fourrures.

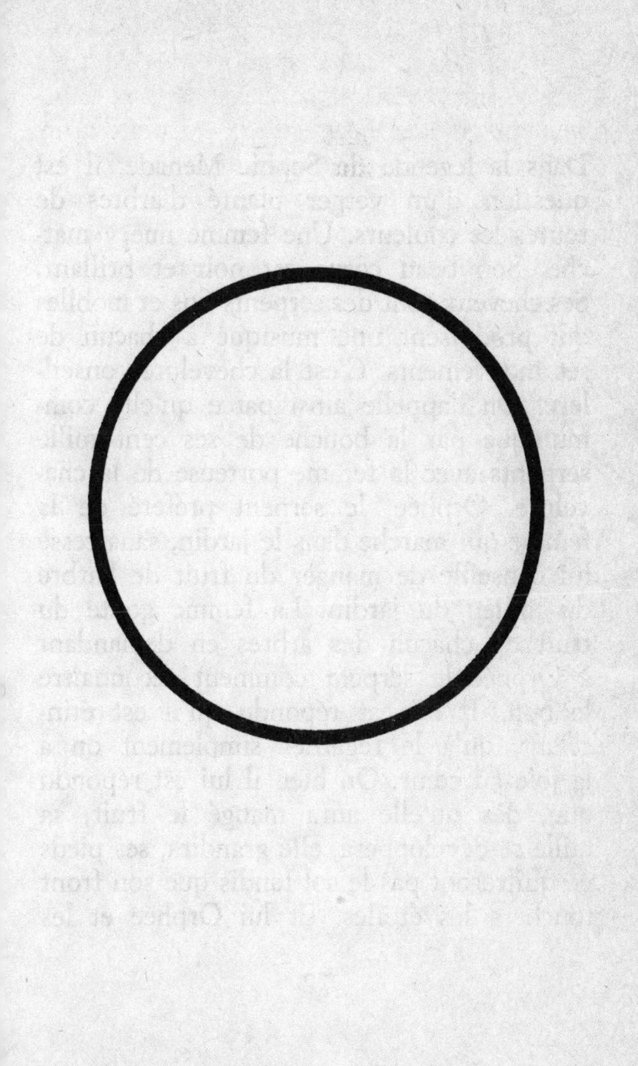

Dans la légende de Sophie Ménade, il est question d'un verger planté d'arbres de toutes les couleurs. Une femme nue y marche. Son beau corps est noir et brillant. Ses cheveux sont des serpents fins et mobiles qui produisent une musique à chacun de ses mouvements. C'est la chevelure conseillère. On l'appelle ainsi parce qu'elle communique par la bouche de ses cent mille serpents avec la femme porteuse de la chevelure. Orphée, le serpent préféré de la femme qui marche dans le jardin, sans cesse lui conseille de manger du fruit de l'arbre du milieu du jardin. La femme goûte du fruit de chacun des arbres en demandant à Orphée le serpent comment reconnaître le bon. Il lui est répondu qu'il est étincelant, qu'à le regarder simplement on a la joie au cœur. Ou bien il lui est répondu que, dès qu'elle aura mangé le fruit, sa taille se développera, elle grandira, ses pieds ne quitteront pas le sol tandis que son front touchera les étoiles. Et lui Orphée et les cent mille serpents de sa chevelure s'étendront de part et d'autre de son visage, ils lui feront une couronne brillante, ses yeux deviendront pâles comme des lunes, elle aura la connaissance. Elles alors pressent Sophie Ménade de questions. Sophie Ménade dit que la femme du verger aura la vraie connaissance du mythe solaire que tous les textes ont à dessein obscurci. Elles alors la pressent de questions. Sophie Ménade dit, soleil qui épouvantes et ravis / insecte multicolore, châtoyant / tu te consumes dans la mémoire nocturne / sexe qui flamboie / le cercle est ton symbole / de toute éternité tu es / de toute éternité tu seras. Elles, à ces paroles, se mettent à danser, en frappant la terre de leurs pieds. Elles commencent une danse circulaire, en battant des mains, en faisant entendre un chant dont il ne sort pas une phrase logique.

Elles disent qu'à partir du moment où les féminaires font défaut elles peuvent se reporter à ce temps où, pour ce qui les caractérise, elles ont fait la guerre. Elles disent que tout ce qu'elles ont à faire c'est inventer les termes qui les décrivent sans se reporter conventionnellement aux herbiers ou aux bestiaires. Elles disent que cela peut être fait sans emphase. Elles disent que ce qu'elles doivent avant tout mentionner c'est leur force et leur courage.

Le grand registre est posé sur la table ouvert. A tout moment, l'une d'entre elles s'en approche et y écrit quelque chose. Il est difficile de le compulser parce qu'il est rarement disponible. Même alors, il est inutile de l'ouvrir à la première page et d'y chercher un ordre de succession. On peut le prendre au hasard et trouver quelque chose par quoi on est concerné. Cela peut être peu de chose. Les écritures si diverses qu'elles soient ont toutes un caractère commun. Il ne se passe pas de moment sans que l'une d'elles s'en approche pour y inscrire quelque chose. Ou alors c'est une lecture à haute voix d'un passage quelconque à laquelle il est procédé. Il se peut que beaucoup d'entre elles soient présentes pour la lecture. Il se peut aussi que la lecture se fasse sans assistance aucune, sauf une mouche qui importune la lectrice en se posant sur sa tempe.

Quelquefois Philomèle Sarte chante accroupie sur ses talons, en faisant osciller le buste d'avant en arrière en se balançant de droite à gauche. Si elle s'arrête de chanter, elle tombe en avant, la face contre terre, ou latéralement, sa joue heurtant le sol, ses jambes se repliant en chien de fusil. Alors elle chante sans discontinuer. Quand ses yeux se ferment à cause de la fatigue, deux d'entre elles la portent sur un lit ou bien sur l'herbe au soleil et elle s'endort ainsi.

Hélène Myre passe entre les groupes avec des plateaux transparents. Des voix, des murmures sont perçus. De l'orangerie parviennent les sons discordants d'un cartolo. Parmi elles beaucoup embouchent la trompette et parcourent les allées en courant. Hélène Myre cependant présente en passant des verres de sirop diversement colorés. On lui demande quel est le liquide bleu ou rouge, il est répondu que le liquide est le même quelle que soit sa couleur, sirupeux et sucré, les doigts qui s'y trempent sont poisseux et teints. A ce propos quelqu'une dit plaisamment, dis-moi quelle est ta couleur, je te dirai qui tu es. Des branches des arbres tombent des étoiles filantes

ROSEMONDE ADÈLE EDMÉE
DEBORAH OSMÈNE GALLIA
EDVOKIIA ABIGAIL LAMIA
ESTÈVE TIMARÉTA SAUGE
LEUCOTÉE ARLETTE MÉRÉ
PASIPHAÉ CARRIE AUDREY

qui passent du bleu au rouge à l'orange et s'éteignent brusquement. Des lampions ronds sont accrochés aux fils de fer qui maintiennent à l'horizontale les palmettes des arbres à fruits. A un moment donné ceux qui sont suspendus aux arcs de l'allée rosière s'incendient, la lueur qu'ils jettent s'étale, disparaît avec lenteur.

Leurs yeux, accrochés à un tégument filiforme, se mêlent à leurs longs cheveux. Quand elles secouent la tête pour écarter de leurs joues quelque mèche ou bien quand elles se penchent, on les voit rouler brillants bleutés auréolés du blanc de la cornée ronds comme des agates. Elles n'y portent la main que pour les ranger, quand elles peignent leurs cheveux mèche par mèche. Chacun d'eux, touché, ferme alors ses paupières, ressemblant à une luciole qui s'éteint. Quand elles sautent dans les prés en se tenant par la main, on voit dans leurs chevelures comme des centaines de grosses perles qui étincellent au soleil. Si elles se mettent à pleurer, la chute de leurs larmes les entourent, de la tête aux pieds. A travers la lumière, des menus arcs-en-ciel les nimbent et les font resplendir.

C'est un animal sans tête et sans queue qui ressemble à une toupie. Il tourne sur lui-même sans proférer un son. Tantôt il est couvert d'écailles, tantôt il est couvert de plumes. On ignore comment il se déplace. On ne le voit pas avancer ou reculer ou progresser de côté à la manière des crabes. Tout d'un coup il est venu. Il peut dégager une odeur légère d'aconit d'encens ou bien sentir mauvais l'ail ou l'œillet. Dans les maisons il se tient au centre des pièces, tournant sur lui-même sans arrêt. Si on le force à partir, il est subitement là de nouveau. Ses yeux et sa bouche sont à hauteur du sol. On ne les voit pas. Il est possible qu'il les utilise au cours de ses mouvements giratoires. On ne lui connaît aucun cri. On l'appelle le julep parce qu'il semble avoir une prédilection pour l'eau de rose. Les petites filles essaient d'apprivoiser les juleps. Elles leur mettent des laisses pour les traîner derrière elles. Mais même en tirant de toutes leurs forces elles ne parviennent pas à faire bouger les juleps. Ils restent fixés au point où on les a vus apparaître. Ils semblent attachés au sol par une espèce d'aimantation.

Elle disent qu'elles appréhendent leurs corps dans leur totalité. Elles disent qu'elles ne privilégient pas telle de ses parties sous prétexte qu'elle a été jadis l'objet d'un interdit. Elles disent qu'elles ne veulent pas être prisonnières de leur propre idéologie.

Elles disent qu'elles n'ont pas recueilli et développé les symboles qui dans les premiers temps leur ont été nécessaires pour rendre leur force évidente. Par exemple elles ne comparent pas les vulves au soleil à la lune aux étoiles. Elles ne disent pas que les vulves sont comme les soleils noirs dans la nuit éclatant.

Par grand vent les feuilles tombent des arbres. On va les ramasser dans des corbeilles à pain. Certaines à peine touchées pourrissent. Elles s'éparpillent dans les prés dans les bois. Il y a dans les paniers des feuilles de châtaignier de charme d'érable de giroflier de gaïac de copayer de chêne de mandarinier de saule de hêtre rouge d'orme de platane de térébinthe de latanier de myrte. Tébaïre Jade les disperse dans la salle en criant mes amies, ne vous laissez pas abuser par votre imagination. Vous vous comparez entre vous aux fruits du châtaignier aux clous de girofle aux mandarines aux oranges vertes, mais vous n'êtes que les fruits de l'apparence. Comme les feuilles au moindre souffle vous vous envolez, si belles que vous soyez, si fortes, si légères, d'un entendement si subtil si prompt. Redoutez la dispersion. Restez jointes comme les caractères d'un livre. Ne quittez pas le recueil. Sur les tas de feuilles elles sont assises en se donnant la main, en regardant au dehors les nuages qui passent.

Elles jouent à un jeu. Il se pratique sur une esplanade de grande dimension. Le sol est partagé en bandes suivant les couleurs du spectre. Il y a cent cinquante cerceaux violets cent cinquante cerceaux indigo cent cinquante cerceaux bleus cent cinquante cerceaux verts cent cinquante cerceaux jaunes cent cinquante cerceaux orange cent cinquante cerceaux rouges. Les équipes sont composées de soixante-quinze personnes

METTE KHADIOTA MICHÈLE
PHANO HUGUETTE LELIA
SIDONIE OMAYA MERNEITH
INIBRINA WOUANG-QIANG
ASPASIE HANNAH LETITIA
NORA BENOITE RADEGONDE

chacune, placées de part et d'autre de la ligne médiane de l'esplanade. Chaque équipe dispose de bandes égales de violet d'indigo de bleu de vert de jaune d'orange de rouge. Une machine placée au centre de l'esplanade éjecte les cerceaux les uns après les autres à un rythme rapide. Ils s'élèvent à la verticale au-dessus de la tête des joueuses. Ils tournent sur eux-mêmes. Ils décrivent en même temps un vaste cercle qui va en s'élargissant, suivant le mouvement que la machine leur a imprimé. Le tracé de leurs déplacements serait une spirale immense. Les joueuses doivent se saisir des cerceaux sans quitter les bandes de couleur qui leur ont été assignées. Il y a très vite un tumulte merveilleux de corps qui se heurtent en tentant de s'emparer du même cerceau ou de se retirer de la mêlée.

Les porteuses de fables sont bien accueillies. On fait une fête en leur honneur. On dresse les tables dans les serres, dans les orangeries. Les boissons sont mêlées de narcotiques, il y a dans les vins, dans les alcools, de la belladone du jusquiame de la morelle du datura. Il y a aussi des aphrodisiaques du haschich de l'opium. Dans un premier temps les buveuses sont calmes. Par les portes ouvertes on les voit allongées sur les divans, à demi assoupies, ou couchées dans l'herbe sur les pelouses. Plus tard elles sont prises de délire. Quelques-unes jouent d'un instrument et chantent dans quelque partie des jardins, les larmes coulent sur leurs joues, les sanglots pour finir interrompent leurs chants. D'autres dansent en emmêlant leurs cheveux et en frappant de toutes leurs forces contre le sol avec leurs pieds. Autour des tables, sous l'effet de la drogue, elles tiennent des discours où s'accumulent les paradoxes les absurdités les logomachies les paralogismes les cavillations les dénombrements incomplets. A un moment donné quelqu'une interpelle les parleuses en demandant grâce, en exigeant un raisonnement dépourvu de défauts. Toutes alors se taisent et s'endorment.

Elles ne disent pas que les vulves dans leurs formes elliptiques sont à comparer aux soleils, aux planètes, aux galaxies innombrables. Elles ne disent pas que les mouvements giratoires sont comme les vulves. Elles ne disent pas que les vulves sont des formes premières qui comme telles décrivent le monde dans tout son espace, dans tout son mouvement. Elles ne créent pas dans leurs discours des figures conventionnelles à partir de ces symboles.

Elles pleurent, couchées ou assises à l'écart. Le gel solidifie leurs larmes qui brillent sur leurs joues et étincellent. Elles pleurent, leurs sanglots courbent leurs corps, on les voit rouler dans la neige. Par endroits le vent pousse contre leurs figures des nuages blancs poudreux. Leurs cris leurs plaintes leurs lamentations ne s'élèvent pas hors du bas-fond. Elles peuvent aussi bien être muettes. Leurs mains raides ne se portent pas à leurs joues pour essuyer leurs larmes ou à leurs bouches pour arrêter le sang qui coule de leurs gencives. Le cirque glacé dans lequel elles se tiennent renvoie tous les rayons du soleil. Les éclats de lumière semblent se détacher du sol, monter comme des flammes, trembler, passer du rouge au jaune orange ou du rose au violet. C'est comme un cratère de volcan qui brûle prêt à les ensevelir.

Ivres, elles disent qu'elles sont ivres. Des grands champs de pavots incarnadins ont été piétinés. Les têtes, les pétales déchiquetés pendent mollement ou sont mélangés à la terre. Pas une goutte de rosée n'est visible sur les fleurs. Elles dansent. Elles se tiennent par le cou et se laissent tomber à terre, les lèvres noires, les yeux exorbités. Elles disent qu'elles sont ivres. Leurs bras et leurs jambes sont nus. Les cheveux dénoués cachent leurs joues, puis, rejetés, ils découvrent les yeux brillants, les lèvres ouvertes pour chanter.

Il ne faut pas courir. Il faut marcher sans impatience en comptant le nombre de ses pas. Si on ne se trompe pas, si on tourne à gauche au moment voulu, on ne touchera pas de ses bras étendus l'arbre à miel et collant. Il faut à ce stade de la marche interrompre les calculs et repartir à zéro. Si on ne se trompe pas dans les calculs, si on saute à pieds joints au moment voulu, on ne tombera pas dans la fosse aux serpents. A ce stade de la marche, il faut interrompre les calculs et repartir à zéro. Si on ne se

ISADORA VI-SEUM JEZABEL
ODILE ZUBAIDA DINARZADE
GISÈLE MARY CANDRA SITA
CÉLIMÈNE ASTRID MARLÈNE
CLÉO LYSISTRATA ZÉNÉIDE
EMON CLORINDE MESSALINE

trompe pas dans les calculs, si on se baisse au moment voulu, on ne sera pas happé par le piège à mâchoires. A ce stade de la marche, il faut interrompre les calculs et repartir à zéro. Si on ne se trompe pas dans les calculs et si on crie Sara Magre au moment voulu, on tombera dans les bras de l'incomparable, de la gigantesque, de la savante Sara.

Elles ne sont pas trop de six pour la maintenir. Sa bouche est ouverte. Des paroles inarticulées, des cris sont entendus. Elle frappe la terre de ses pieds. Elle tord ses bras pour les dégager de l'emprise, elle secoue la tête dans tous les sens. A un moment donné, elle se laisse tomber à terre, elle frappe le sol de ses bras, elle se roule en hurlant. Sa bouche se saisit de la terre et la recrache. Ses gencives saignent. Des mots comme mort sang sang brûlure mort guerre guerre guerre sont entendus. Elle déchire ses vêtements alors et cogne sa tête contre le sol jusqu'à tomber muette, assommée. Quatre d'entre elles l'emportent en chantant, derrière mes paupières / le songe n'atteint pas mon esprit / que je dorme ou que je veille / il n'y a pas de repos.

Pour accueillir les messagères, elles vont sous le grand chêne. Par les plus fortes chaleurs, l'ombre qu'il projette est fraîche. Elles sont assises en rond. Elles parlent ou elles somnolent. Quelquefois, pas une messagère ne vient. Elles se lèvent alors et secouant leurs vêtements, elles se dispersent et se perdent de vue dans les allées qui bifurquent.

Il arrive qu'elles parlent ensemble de la dernière fable qui a été rapportée. Par exemple Diane Ebèle raconte à Aimée Dionis la fable de Koue Feï où il est question d'une jeune fille qui poursuit le soleil. Elle est sans cesse sur le point de l'atteindre. Pour lui échapper, le soleil se plonge dans la mer. Koue Feï alors se met à nager derrière lui. Elle traverse ainsi tout l'océan. Elle s'approche de lui au moment où il sort des eaux pour lui échapper une fois encore. En hâte Koue Feï saute dans le soleil et s'y introduit. Dans son mouvement elle le fait basculer, quelques étoiles tombent de ce fait. Cependant Koue Feï est parvenue à s'asseoir dans le soleil. A présent elle décide de sa marche. Elle peut lui faire parcourir son orbite lentement ou plus vite à son gré. C'est ce qui fait que pour avoir le beau temps quand elles partent à la pêche les petites filles s'adressent à Koue Feï, maîtresse du soleil, pour qu'elle s'arrête un peu au-dessus de la mer.

Sur la colline, les girouettes sont disposées les unes à côté des autres. Les plaques de métal qui tournent autour des axes sont peintes en vert bleu rouge blanc jaune noir. Chaque plaque est entourée de franges longues et fines qui sont soulevées par le vent. Aucune des girouettes n'indique la même direction. Certaines tournent à toute vitesse. Les blanches dans ce mouvement retiennent la lumière du soleil. A la façon des miroirs elles en renvoient quelques éclats.

Elles n'utilisent pas pour parler de leurs sexes des hyperboles des métaphores, elles ne procèdent pas par accumulations ou par gradations. Elles ne récitent pas les longues litanies, dont le moteur est une imprécation sans fin. Elles ne s'efforcent pas de multiplier les lacunes de façon que dans leur ensemble elles signifient un lapsus volontaire. Elles disent que toutes ces formes désignent un langage suranné. Elles disent qu'il faut tout recommencer. Elles disent qu'un grand vent balaie la terre. Elles disent que le soleil va se lever.

Elles regardent l'image en couleur sur l'écran. La façade de briques roses étincelle sous le gel. Quelques rayons du soleil levant la frappent à l'oblique, incendiant les vitres des fenêtres. Sur un tas de branchages aux feuilles séchées sont jetées des fleurs têtes pendantes et fanées des roses des marguerites des anémones. L'image suivante montre le ciel où pas un oiseau ne passe, la fontaine devant la maison où l'eau ne coule pas. Plus tard elles regardent les quatre gros tilleuls émondés et la place régulière qu'ils déterminent, presque carrée, faite d'un pré coupé ras. On aperçoit de nouveau la maison entre les quatre arbres. Le fronton est un triangle étréci. Les volets

DIONÉ INÈS HÉSIONE ELIZA
VICTOIRE OTHYS DAMHURACI
ASHMOUNIGAL NEPHTYS CIRCÉ
DORA DENISE CAMILLE BELLE
CHRISTINE GERMANICA LAN-ZI
SIMONIE HEGET ZONA DRAGA

sont de bois plein. La porte principale paraît légèrement ouverte. Les dalles rouges de l'entrée sont visibles.

Elles sont debout au bord de l'étang. Leurs paroles et leurs chants forment une masse sonore que la surface plane renvoie de l'autre côté. Les cloches opaques des argyronètes font çà et là des trous dans l'eau. Quand la lumière du jour faiblit, les reflets des arbres sont démesurés. Les éphémères avancent par saccades à fleur d'eau. Des milliers de stratiomes au ventre plat sont immobiles sur les iris les nénuphars les grands lys. Elles regardent leurs images. C'est comme une armée de géantes. Les formes de leurs vêtements sont brisées. Les couleurs vertes et rouges qui les composent font des taches qui ne sont pas immobiles, s'assemblant et se désassemblant. Quand on se retourne, on voit que les images sont reproduites dans la série des dix-huit étangs, identiques, toutes déformées.

Les déambulations sont cycliques et circulaires. Quels que soient les itinéraires, quels que soient les points de départ qu'elles choisissent, elles aboutissent à la même place. Les parcours sont parallèles, équidistants, de plus en plus étroits à mesure qu'ils s'approchent du centre de la figure. Si elles suivent le tracé de l'intérieur vers l'extérieur, elles doivent parcourir le plus grand des cercles avant de trouver le passage à franchir qui les ramène au centre. Le système est clos. Aucun rayon partant du centre ne permet de l'élargir ou de le faire éclater. Il est en même temps illimité, la juxtaposition des cercles qui vont s'élargissant figure toutes les révolutions possibles. C'est virtuellement la sphère infinie dont le centre est partout, la circonférence nulle part.

L'une d'elles raconte la mort d'Adèle Donge et comment on a procédé à l'embaumement de son corps. On voit dans le récit comment elle est posée sur une table à tréteaux. Par le ventre ouvert les intestins sont retirés. L'abdomen vidé de ses organes est lavé avec une eau où de l'acide sulfurique a été ajouté. On le sèche alors. On y introduit des substances diverses, des menthes pilées du benjoin de la sauge du styrax mêlés à du formol à du phénol à du permanganate à de l'eau oxygénée. Il faut réunir les peaux et les membranes disjointes, il faut les coudre ensemble. La tête est vidée de la cervelle, après qu'on a foré le crâne au moyen d'un trépan. Les substances balsamiques dessicatives antiseptiques sont introduites dans la boîte crânienne. Les viscères sont conservés comme des matières précieuses dans de grands bocaux de verre qui portent des inscriptions. Elles négligent le cerveau. Elles l'abandonnent sans aucun soin sur quelque meuble. Un animal domestique peut s'en saisir et le dévorer. A ce récit, elles bâillent ou bien elles applaudissent sans grand entrain.

Il arrive qu'elles marchent dans un champ de fleurs hautes. Les touffes d'un jaune orangé sont au-dessus de leurs têtes et se recourbent. Si elles trébuchent contre les tiges, des pistils secoués, il tombe du pollen, en grande quantité. La fleur géante est une hampe dont l'extrémité s'enroule sur elle-même, elle est involutée, elle reproduit le dessin d'une crosse épiscopale. L'hermaphrodis est une fleur qui dégage un parfum entêtant. Parmi les marcheuses, certaines ne peuvent plus se porter. Elles tombent sur les genoux, elles se laissent aller à terre, la tête ballante, le corps en chien de fusil.

Ou bien elles se tordent les bras, elles crient, elles se jettent à plat ventre comme prises de folie. Les grandes fleurs jaune orange et les herbes hautes sont éclairées par le soleil. Elles avancent dans la forêt, entre les tiges ligneuses et raides, le visage touché par le soleil, couvert du pollen qui sans arrêt s'échappe des étamines qu'on ne voit pas.

L'histoire que raconte Emily Norton se passe dans un temps où tous les détails d'une naissance sont réglés comme dans un cérémonial. Quand l'enfant est né, la sage-femme se met à pousser des cris à la façon de celles qui combattent à la guerre. Cela veut dire que la mère a vaincu en guerrière et qu'elle a capturé un enfant. Elles regardent par-dessus l'épaule d'Emily Norton les effigies des femmes bouches grandes ouvertes, hurlantes, accroupies, la tête de l'enfant entre leurs cuisses.

GILLE STÉPHANIE CYDIPPE
OLÉA ALBERTINE DELMIRA
ANDRÉA SOPHONISBE ALBE
CLÉLIE TAI-REN BUTHAYNA
JEPHTÉ HOLAA BLANDINE
ATIKA NAUNAMÉ CHRYSÉIS

Elles disent qu'au point où elles en sont elles doivent examiner le principe qui les a guidées. Elles disent qu'elles n'ont pas à puiser leur force dans des symboles. Elles disent que ce qu'elles sont ne peut pas être compromis désormais. Elles disent qu'il faut alors cesser d'exalter les vulves. Elles disent qu'elles doivent rompre le dernier lien qui les rattache à une culture morte. Elles disent que tout symbole qui exalte le corps fragmenté est temporaire, doit disparaître. Jadis il en a été ainsi. Elles, corps intègres premiers principaux, s'avancent en marchant ensemble dans un autre monde.

Les choses étant en cet état, elle font venir les métiers. Les quenouilles les métiers à tisser les ensoupleaux les navettes les peignes les cartons les presses les cames les draps les toiles les cachemires les coutils les calicots les crêpes les indiennes les satins les bobines de fil les machines à coudre les machines à écrire les rames de papier les blocs de sténographie les bouteilles d'encre les aiguilles à tricoter les tables à repasser les machines-outils les câbleuses les embobineuses les brocheuses les tables de montage les brucelles les chalumeaux les fers à souder les colleuses les fils à tresser à tordre à enfiler les machines à tricoter les chaudrons les grands baquets de bois les marmites les casseroles les plats les poêles les balais de tout poil les aspirateurs les machines à laver les brosses et cætera. Elles les entassent sur un bûcher immense auquel elles mettent le feu, en faisant exploser tout ce qui ne brûle pas. Alors se mettant à danser autour, elles battent des mains, elles crient des phrases obscènes, elles coupent leurs cheveux ou bien elles les dénouent. Quand le feu a pris fin, quand elles sont lassées de provoquer des explosions, elles ramassent les détritus, les objets qui ne sont pas consumés, ceux qui n'ont pas fondu, ceux qui n'ont pas été désintégrés. Elles les recouvrent de peinture bleue verte rouge pour les assembler dans des compositions grotesques grandioses abracadabrantes auxquelles elles donnent des noms.

La forme de mon bouclier / est le ventre blanc d'un serpent / jour et nuit je veille à ta sauvegarde. Françoise Barthes lit tout haut, dans le grand registre, l'histoire de Trung Nhi et de Trung Trac. Françoise Barthes dit qu'il s'agit de deux jeunes paysannes qui ont toujours combattu l'une à côté de l'autre. Ensemble elles sont mortes au bout de trois ans de guerre. On les a vues côte à côte au plus fort du combat, singulières, figurant les deux nerfs de la révolte contre les puissantes armées féodales. Les deux boucliers levés, noir et blanc, celui de Trung Nhi ou celui de Trung

Trac sont visibles haut dans les mêlées, tout proches l'un de l'autre, tandis que les lances sont dirigées vers l'ennemi. Françoise Barthes dit que, quelque grandes batailles qu'elles aient menées ou qu'elles mèneront, il n'est pas question jamais d'oublier les deux sœurs Trung.

Un serpent noir brillant, avec des anneaux rouge carmin, est enroulé dans l'herbe au soleil. Il semble que son corps soit un minéral, une espèce de jais. Si on le touche du bout du doigt il bouge à peine. Il bouge à peine encore quand on le prend pour s'en faire une parure, quand on l'enroule longuement autour du cou de la poitrine de la taille. Posé de nouveau sur le sol, il semble s'endormir. A son propos quelqu'une rappelle l'existence d'une ancienne secte, les Ophidiennes, qui ont honoré les serpents. Elle montre un de leurs gestes rituels dont un des moments comprend le baiser au serpent. Elle pose alors ses lèvres sur les écailles noires.

La nouvelle est parvenue de l'assemblée qui compose le dictionnaire. L'exemple proposé pour illustrer le mot haine a été rejeté. Il s'agit d'une phrase d'Anne-Louise Germaine, elles ont transformé la haine en énergie et l'énergie en haine. On a invoqué comme prétexte que la phrase contient une antithèse et de ce fait manque de précision. La porteuse de la nouvelle qui s'appelle Jeanne Sbire est conspuée. Elles l'entourent elles la bousculent elles l'injurient. Jeanne Sbire pleure à chaudes larmes en disant qu'elle n'y peut mais. Elles se fâchent alors en disant qu'il s'agit bien d'une antithèse et pourquoi ne l'a-t-on pas supprimée en gardant le premier membre de la phrase qui seul a un sens ? Elles entonnent alors à pleins poumons le chant célèbre qui com-

HALIDE LUDWIGE OLINDE
WHILHELMINE GASPARDE
RÉGINE MALVIDA DIOTIME
MADELEINE PHÉNARÈTE IVY
RICARDA COSIMA NÜ-JIAO
LAURENCE LABAN AMABLE

mence par, que cent fleurs s'épanouissent, que cent écoles rivalisent.

De grandes assemblées se réunissent à l'aube quand une lumière bleue est encore visible sur les toits des habitations. Les voix sont sonores et claires. C'est une grande migration. Dans les caravansérails on dispose les chaudrons fumants sur les tables, les bols sont remplis avec des louches, on les distribue. Il y a une odeur forte de café. Elle est perçue dans les rues. Elle passe par les fenêtres ouvertes. Certaines d'entre elles avancent lentement par petits groupes sur les mails, elles traînent les pieds, leurs visages sont engourdis de sommeil. D'autres, debout sur les places, attendent, on les voit bâiller. Les colonnes se mettent en marche quand le jour n'est pas encore levé. Leur ordre est uniforme. Les costumes identiques sont teintés par la lumière bleue d'avant le jour. Les piétinements sont ceux d'une troupe qui s'ébranle, ils s'ordonnent, ils trouvent leur rythme. Plus tard le soleil apparaît.

Elles racontent comment les chevaux sont revenus de Souame, gris, sales, éclopés, sans cavalières, marchant lentement, serrés flanc contre flanc. De temps à autre l'un d'eux relève la tête et secoue sa crinière. Pas un hennissement n'est entendu. Quelque sabot déferré râcle le sol et accroche le bord des pierres. Certains chevaux sont blessés, le sang coule sur leurs ventres. Ou bien ils avancent sur trois pattes, la quatrième est cassée écorchée entaillée. Ceux qui portent encore des selles ont les étriers qui leur battent les flancs, mal fixés. La plupart en sont dépourvus.

Quelqu'une parle des députées qui sont parties vers les armées adverses. Ce sont des jeunes filles qui s'assoient fermement pour parler. Elles portent le costume blanc de celles qui représentent la paix. Elles s'acheminent sans un instant de repos vers le lieu qui leur est assigné. La salive que touchent leurs langues est épaissie par la poussière des routes. Les armées ne sont pas visibles. Quand un parcours est décidé, on ne compte pas les jours au cours de l'entreprise. On est en marche. Si le soleil apparaît on tient sur lui ses yeux fixés. Ou bien on regarde la lune et les étoiles. On ne sait pas quand on pourra laisser aller ses membres au repos et dormir à l'abri de la lumière, les yeux fermés.

On apprend que dans le monde des Quatre forces elles ont subi des dommages. Plusieurs centaines parmi elles ont eu les jambes brisées. Elles doivent momentanément prendre place dans des petites voitures d'infirmes. Celles qui ont été affectées à leur garde les promènent dans les rues des villes. Ce sont elles qui les lavent et les font vivre. Une délibération est tenue pour décider de ce qu'il convient de faire. Il est question d'envoyer sur place des petits groupes clandestins pour soutenir le moral des dissidentes. Ainsi l'ensemble du Front serait en liaison permanente avec le monde des Quatre forces. En même temps que les informations et les mots d'ordre, les conseils les encouragements et les exhortations ne seraient pas épargnés.

Elles disent qu'on leur a donné pour équivalents la terre la mer les larmes ce qui est humide ce qui est noir ce qui ne brûle pas ce qui est négatif celles qui se rendent sans combattre. Elles disent que c'est là une conception qui relève d'un raisonnement mécaniste. Il met en jeu une série de termes qui sont systématiquement mis en rapport avec des termes opposés. Ses schémas sont si grossiers qu'à ce souvenir elles se mettent à rire avec violence. Elles disent qu'elles peuvent tout aussi bien être mises en relation avec le ciel les astres dans leur mouvement d'ensemble et dans leur disposition les galaxies les planètes les étoiles les soleils ce qui brûle celles qui combattent avec violence celles qui ne se rendent pas. Elles plaisantent à ce sujet, elles disent que c'est tomber de Charybde en Scylla, éviter une idéologie religieuse pour en adopter une autre, elles disent que l'une et l'autre ont ceci de commun c'est qu'elles n'ont plus cours.

Elles pressent Shu Ji de leur raconter l'histoire de Nü Wa. Shu Ji raconte comment

OURIKA AKAZOMÉ CYPRIS
LÉONTINE ANGÉLIQUE LIA
RODOGUNE JASMINE KALI
SIVAN-KI ZULMA CYANA
GALERIA HELLAN AÏMATA
SAMARE JOSUÉ SAKANYA

la montagne du pays de Nü Wa s'est écroulée, comment le ciel s'est mis à pencher d'un côté, comment la terre a commencé à s'enfoncer. C'est alors que Nü Wa a entrepris de remédier à cet état de choses. On la voit tailler des rochers de toutes les couleurs pour réparer le ciel, couper les pattes d'une tortue géante pour remettre la terre d'aplomb, aux quatre points cardinaux. Tout ce qui vit dans le pays est en grand danger de mort à cause du dragon noir. Alors Nü Wa livre une grande bataille contre le dragon et le tue, à la fin. Shu Ji dit que Nü Wa cependant n'est pas encore venue à bout de toutes les difficultés. Les eaux qui se sont déchaînées au moment du cataclysme recouvrent la terre. C'est ainsi que Nü Wa met le feu à tous les roseaux de son empire jusqu'à ce que, complètement consumés, ils absorbent les eaux avec leurs cendres.

Quand on rapporte que Lei Zu est celle qui a découvert la soie, on ne dit pas de quelle manière elle est arrivée à ce résultat. Cela peut être à la suite d'une série d'observations qu'elle a faites elle-même. Ou bien quelqu'une parmi ses suivantes lui a laissé le monopole de cette industrie. Ou bien les premiers résultats ont été obtenus par une jeune paysanne et Lei Zu en a eu connaissance. On peut imaginer également que Lei Zu est une impératrice sans suivantes et sans faste, qu'elle acquiert par l'observation des connaissances expérimentales sur les bombyx. Il est écrit en effet que Lei Zu après avoir découvert les vers à soie a mis au point leur élevage et l'industrie de leur soie. Dans un premier temps Lei Zu découvre tout le parti qu'on peut tirer de la substance filiforme sécrétée par les bombyx quand ils s'entourent d'un cocon. Dans un deuxième temps elle se rend compte qu'il faut provoquer artificiellement de grandes concentrations de bombyx. Dans un troisième temps elle détermine les quelques opérations immuables que nécessite la production du fil de soie : trier les cocons, étouffer les chrysalides, dévider les cocons pour obtenir la soie grège, tirer la soie grège en fils ou bien la filer mécaniquement au moyen d'un moulin garni de fuseaux.

Elles disent qu'elles pourraient procéder à des grandes cérémonies de deuil. Par exemple on pleurerait la mort de Julie. Quelqu'une demande si on l'a étranglée et si ça a été avec une étoffe violette. Quelque autre dit qu'elle a été pendue publiquement à un gibet, ses pieds dépassant sous la longue tunique, la tête déchevelée en signe d'infamie. Elles disent qu'ou bien elle a été décapitée, le cou se détachant de la tête et laissant échapper un flot de sang à la carotide. Il se peut aussi qu'elle ait été rouée vive sur la place publique. A celle qui demande quel a été son crime, elles répondent qu'il a été identique à celui de la femme dont il est écrit qu'elle a vu que l'arbre du jardin est bon à manger, séduisant à voir et qu'il est cet arbre désirable pour acquérir l'entendement.

Quand il n'y a pas au bord des allées des arbres hauts des boqueteaux de saules de bouleaux de pommiers des buissons des buis des haies ou bien des fleurs de haute taille, le regard peut parcourir l'ensemble de leur tracé. En quelque point du jardin que l'on se trouve, on peut constater, en faisant une révolution sur soi-même par quelles formes géométriques le réseau des figures est déterminé. Si le système est rigoureux on peut combiner des itinéraires multiples. Les limites et les proportions des figures font allusion à un infini hypothétique de la même façon que les diverses séries des nombres.

Les deux armées sont en présence. Les combattantes sont debout, immobiles, attendant l'ordre de s'ébranler. Elles tiennent dans leurs mains des cerfs-volants de la couleur de leur armée. Les uns sont rouges, les autres sont bleus. Les cerfs-volants sont stationnaires, à la verticale, alignés au-dessus des têtes. On donne les sonneries des trompettes. On attaque. C'est tout de suite une mêlée de cerfs-volants rouges et bleus, de corps rouges et bleus. Les cerfs-volants s'entrechoquent avec violence. Certains s'échappent avec un grand bruissement. Un cerf-volant rouge est immobile au-dessus de la mer. Une combattante court le long de la plage en tentant de s'en emparer. Une bande de cerfs-volants bleus s'échappent du côté des dunes, ils sont poursuivis par des cerfs-volants rouges. On entend des rires et des chants. Quelques-unes d'entre elles, privées de leurs cerfs-volants, sont étendues au milieu du champ de bataille et saignent.

VASA FABIENNE BELISSUNU
NEBKA MAUD ARÉTÉ MAAT
ATALANTE DIOMÈDE URUK
OM FRANÇOISE NAUSICAA
POUDOUHÉPA KOUWATALLA
AGATHOCLÉE BOZÉNA NADA

Elles excitent de leurs rires et de leurs cris celles qui se battent dans l'herbe. Elles se battent jusqu'à se faire tomber. On voit que leurs cuisses, leurs genoux sont en mouvement. Leur force réside dans l'assise ferme du tronc sur le bassin. Elles ont des dos droits qui se ploient avec vigueur et souplesse à la hauteur des reins. Plus tard, haut dressées marchantes, elles vont vers les collines. Elles rencontrent des villes fermées, solides emmurées. Alors, s'adressant aux murailles, elles demandent qui d'elles ou d'elles possèdent la force la plus multiple.

Elles disent qu'elles ont appris à compter sur leurs propres forces. Elles disent qu'elles savent ce qu'ensemble elles signifient. Elles disent, que celles qui revendiquent un langage nouveau apprennent d'abord la violence. Elles disent, que celles qui veulent transformer le monde s'emparent avant tout des fusils. Elles disent qu'elles partent de zéro. Elles disent que c'est un monde nouveau qui commence.

A Hippolyte on a envoyé le lion de la triple nuit. Elles disent qu'il a fallu trois nuits pour engendrer un monstre à figure humaine qui soit capable de vaincre la reine des Amazones. Quel dur combat elle a mené avec l'arc et les flèches, combien acharnée a été sa résistance quand elle l'a eu entraîné loin dans les montagnes pour ne pas compromettre la vie de ses proches, elles disent qu'elles ne le savent pas, que l'histoire n'en a pas été écrite. Elles disent qu'à ce jour elles ont toujours été vaincues.

Le jeu consiste à poser une série de questions, par exemple, qui dit, je le veux, je l'ordonne, que ma volonté tienne lieu de raison ? Ou, qui ne doit jamais faire suivant sa propre volonté ? Ou bien, qui n'est qu'un animal de la couleur des fleurs ? Il y en a beaucoup d'autres comme, qui doit pratiquer les trois obéissances et comme, de qui le destin est inscrit dans son anatomie ? La réponse est la même à toutes les questions. Elles alors se mettent à rire avec férocité en se frappant les épaules. Certaines, lèvres écartées, crachent du sang.

Pour dormir elles gagnent les alvéoles blanches. Elles sont creusées dans les parois par centaines de milliers. Leurs ouvertures concentriques sont tangentes. Elles s'y déplacent avec rapidité, à toute vitesse même. Nues, leurs cheveux couvrant leurs épaules, elles grimpent en choisissant leur emplacement. On peut se coucher dans l'alvéole qui ressemble à un œuf, à un sarcophage, à un O, si on ne considère que le plan de l'ouverture. On peut s'y tenir à plusieurs, y faire des gestes, y chanter, y dormir. C'est un lieu de refuge privilégié quoique non enfermé. L'isolement de l'une à l'autre alvéole est tel que, même en frappant de toutes ses forces entre la paroi ovoïde en tous ses points, les bruits de heurts ne sont pas perçus dans la cellule adjacente. Quand on est couché dans l'alvéole, il est impossible de discerner les occupantes des autres cellules. Avant le grand repos, des murmures de voix sont entendus, confus, puis on entend distinctement la phrase, il faut que cet ordre soit rompu, répétée par des milliers de voix, avec force.

Les habitations sont gemmées multicolores sphériques. Quelques-unes sont transparentes. Certaines flottent dans l'air et dérivent mollement. D'autres sont attachées à des pylônes d'acier dépoli qui ressemblent de loin à des tiges. Les habitations sont fixées à des hauteurs diverses, suivant des intercalements différents. Il n'y a pas de symétrie dans leur disposition. Elles sont reliées aux pylônes par des tiges transversales qui leur sont perpendiculaires. La longueur de ces tiges est elle aussi variable. Il n'est pas possible de déterminer à cette distance ce qui permet aux habitantes d'accéder à leurs maisons. Les pylônes sont très hauts. Leurs structures métalliques aux lignes nettes et précises sont vues contre l'horizon. Les sphères y sont accrochées par centaines de milliers. Entre les sphères on aperçoit les nuages qui bougent, le soleil ou la lune, les étoiles. Si le vent se lève toutes les sphères se mettent à bouger à la fois, sans bruit. De tous les points de la plaine elles sont en marche vers la ville. Elles portent des costumes identiques. Ce sont des pantalons noirs évasés du bas, étroits à la hauteur du bassin et des tuniques blanches qui serrent le buste. Elles sont pieds nus ou bien elles portent des sandales légères. Parmi elles

ANACTORIA PSAPPHA LETO
OUBAOUÉ CHÉA NINÉGAL
IPHIS LYDIE GENEVIÈVE
EUGÉNIE THEODORA WATI
NOUT BETTE HÉTÉPHÈRÈS
GUDRUNE VÉRONIQUE EMMA

plusieurs en marchant chantent d'une voix suraiguë des phrases longues, modulées interminablement, par exemple, criez, y a-t-il ailleurs des ors plus célestes / les guêpes des balles ne sont pas pour moi.

Il y a là Elsa Brauer Julie Brunèle Odile Roques Evelyne Sabir. Elles sont debout devant la grande assemblée des femmes. Elsa Brauer frappe les cymbales l'une contre l'autre quand elle s'arrête de parler, tandis que Julie Brunèle, Odile Roques, Evelyne Sabir font pour l'accompagner de longs roulements sur leurs tambours. Elsa Brauer dit quelque chose comme, il y a eu un temps où tu n'as pas été esclave, souviens-toi. Tu t'en vas seule, pleine de rire, tu te baignes le ventre nu. Tu dis que tu en as perdu la mémoire, souviens-toi. Les roses sauvages fleurissent dans les bois. Ta main se déchire aux buissons pour cueillir les mûres et les framboises dont tu te rafraîchis. Tu cours pour attraper les jeunes lièvres que tu écorches aux pierres des rochers pour les dépecer et les manger tout chauds et sanglants. Tu sais comment ne pas rencontrer un ours sur les pistes. Tu connais la peur l'hiver quand tu entends les loups se réunir. Mais tu peux rester assise pendant des heures sur le sommet des arbres pour attendre le matin. Tu dis qu'il n'y a pas de mots pour décrire ce temps, tu dis qu'il n'existe pas. Mais souviens-toi. Fais un effort pour te souvenir. Ou, à défaut, invente.

Elles parlent ensemble du danger qu'elles ont été pour le pouvoir, elles racontent comment on les a brûlées sur des bûchers pour les empêcher à l'avenir de s'assembler. Elles ont pu commander aux tempêtes, faire sombrer des flottes, défaire des armées. Elles ont été maîtresses des poisons des vents des volontés. Elles ont pu à leur gré exercer leur pouvoir et transférer toutes sortes de personnalités dans de simples animaux, des oies des cochons des oiseaux des tortues. Elles ont commandé à la vie et à la mort. Leur puissance conjuguée a menacé les hiérarchies les systèmes de gouvernement les autorités. Leur savoir a rivalisé avec succès avec le savoir officiel auquel elles n'ont pas eu accès, il l'a mis au défi, il l'a pris en défaut, il l'a menacé, il l'a fait paraître inefficace. Aucune police n'a été trop puissante pour les traquer, aucune délation trop opportuniste, aucun supplice trop brutal, aucune armée n'a paru trop disproportionnée en force pour s'attaquer à elles une par une et les détruire. Elles alors entonnent le chant célèbre qui commence par, malgré tous les maux dont ils veulent m'accabler / je reste aussi ferme que le fourneau à trois pieds.

La disposition sériale se poursuit en même temps que le cycle s'achève. Mais c'est trop dire ou trop peu. Elles disent que, pour faire un cycle, il faut une série d'actions éclatantes ou d'événements extraordinaires et funestes. Charlotte Bernard dit qu'elles ne sont pas concernées. Emmanuelle Chartre dit qu'il n'est plus de mise de s'émerveiller devant cette sorte de cycle. Marie Serge dit qu'aussi bien le cycle peut se référer à des mythologies et ne pas faire mention d'actes qui aient quelque semblant de réalité. Flaminie Pougens dit que pour qu'elles y soient tout à fait impliquées il faut les inventer. Elles rient alors et tombent à la renverse à force de rire. Toutes sont gagnées. Il monte un bruit pareil au roulement du tambour sous une voûte. Les briques du plafond tombent une à une, découvrant par les ouvertures les lambris dorés des salles hautes. Les pierres des mosaïques sautent, les pâtes de verre dégringolent, il y a des éclats de bleu de rouge d'orange de mauve. Le rire ne décroît pas. Elles ramassent les briques et s'en servant comme de projectiles, elles bombardent les statues restées debout au milieu du désordre. Elles s'appliquent à faire descendre les pierres restantes. C'est un choc terrible de la pierre contre la pierre. Elles évacuent celles qui parmi elles sont touchées. La destruction systématique du bâtiment est menée à bien par elles au milieu d'un vacarme de cris d'appels, tandis que le rire se prolonge, s'étale, devient total. Il ne prend fin que quand, de l'édifice, il ne reste plus que des pierres sur des pierres. Elles se couchent alors et s'endorment.

Dans l'histoire d'Hélène Fourcade, Trieu a disposé ses troupes au soleil levant. Elle est immobile, assise sur un éléphant blanc. Une à une les capitaines viennent la saluer. Elles tendent devant elles leurs mains nues, paumes ouvertes vers le ciel en signe de loyauté. Alors chacune des armées défile, les têtes tournées vers Trieu immobile. Les dernières unités effectuent un mouvement

NU-JUAN BAHISSAT VLADIA
ÉMILIE MÉROPE DOMITIA
ANNABEL SELMA MUMTAZ
NUR-JAMAN OUADA ATHIS
ARIANE LÉONTINE CAROLE
GURINNO GONGYLA ARIGNOTA

de rotation sur place. Les vêtements des combattantes sont bleus, sans ornementation. Trieu est habillée de rouge. Quand toutes se sont immobilisées et qu'elles ont déposé leurs armes à leurs pieds, Trieu retire la bande de soie qui serre sa tête. Ses cheveux noirs se déroulent et tombent brusquement sur ses épaules. Alors les combattantes poussent un grand cri en entonnant le chant, que les rizières pourrissent / pour qui les envahit / soleil et nuit / nous combattrons sans trêve. Elles crient qu'autant vaut périr que vivre en servitude. Trieu à ce moment se met en branle et prend la tête d'un détachement.

Elles disent qu'elles sautent comme des jeunes chevaux au bord de l'Eurotas. En frappant la terre, elles accélèrent leur mouvement. Elles agitent leurs cheveux comme les bacchantes qui aiment à faire bouger leurs thyrses. Elles disent, allons d'une main rapide, attachez avec un bandeau vos cheveux qui flottent et frappez la terre. Frappez-la comme une biche, marquez en même temps le rythme nécessaire à la danse, célébrez la belliqueuse Minerve, la guerrière, la plus courageuse des déesses. Commencez à danser, avancez d'un pied léger, bougez en rond, tenez-vous par la main et que chacune suive le rythme de la danse. Paraissez en avant avec légèreté. Il faut que le cercle des danseuses fasse sa révolution et qu'elles portent leurs yeux de toutes parts.

Elles disent qu'elles cultivent le désordre sous toutes ses formes. La confusion les troubles les discussions violentes les désarrois les bouleversements les dérangements les incohérences les irrégularités les divergences les complications les désaccords les discordes les collisions les polémiques les débats les démêlés les rixes les disputes les conflits les débandades les débâcles les cataclysmes les perturbations les querelles les agitations les turbulences les déflagrations le chaos l'anarchie.

Elles disent qu'elles sont concernées par la stratégie et par la tactique. Elles disent que les armées massives qui comprennent des divisions des corps des régiments des sections des compagnies sont inopérantes. Leurs exercices consistent en manœuvres marches gardes patrouilles. Ils ne donnent aucune vraie pratique du combat. Elles disent qu'ils ne forment pas au combat. Elles disent que dans ces armées on n'apprend pas le maniement des armes d'une façon efficace. Elles disent que ces armées sont des institutions. On parle de leurs casernes de leurs postes de leurs garnisons. On parle de leur train de leur génie de leur artillerie de leur infanterie de leur état-major. Dans ce contexte la stratégie consiste à faire des plans de campagne, la tactique des opérations d'avance ou de retraite. La stratégie alors vaut la tactique, toutes deux étant à court terme. Elles disent que dans cette conception de la guerre les armes sont difficiles à déplacer, les effectifs ne peuvent pas s'adapter à toutes les situations, la plupart du temps ils combattent en terrain inconnu. Elles disent que l'audace n'est pas ce qui les caractérise. Elles disent qu'ils ne peuvent pas combattre avec précision, ils reculent ou ils avancent suivant des plans dont la tactique et la stratégie leur échappe. Elles disent que ces armées ne sont pas redoutables, leurs effectifs étant recrutés, la participation n'y étant pas volontaire.

Les armes qui les intéressent sont portatives. Il s'agit de lance-fusées qu'elles portent sur l'épaule. C'est l'épaule qui sert de point d'appui pour tirer. On peut courir et se déplacer extrêmement vite sans perdre sa puissance de feu. Il y a toutes sortes de fusils. Il y a les mitrailleuses et les lance-fusées. Il y a les pièges en fosses pourvues de mâchoires les trappes les chambres tapissées de séries de lames de bambous tranchants plantés en pieux. Les déplacements sont des coups de main des embuscades des attaques imprévisibles suivies d'une retraite rapide. L'objectif n'est pas de gagner du terrain mais de détruire le plus possible l'adversaire d'annihiler ses armements de l'obliger à se mouvoir en aveugle de ne jamais lui laisser les initiatives des engagements de le harceler sans cesse. Suivant cette tactique mettre un adversaire hors de combat sans le tuer, c'est immobiliser plusieurs personnes, celle qui est blessée et celles qui portent secours, c'est semer le désarroi à coup sûr.

Elles disent que, tandis que le monde est plein de bruit, elles les voient déjà s'emparer des cités industrielles. Elles sont dans les usines dans les aérodromes dans les maisons de la radio. Elles contrôlent les communications. Elles ont mis la main sur les usines d'aéronautique d'électronique de balistique d'informatique. Elles sont dans les fonderies les hauts fourneaux les chantiers navals les arsenaux les raffineries les distilleries. Elles se sont emparé des pompes des presses des leviers des laminoirs des treuils des poulies des grues des turbines des marteaux-piqueurs des arcs des chalumeaux. Elles disent qu'elles les voient se déplacer avec force et bonheur. Elles disent qu'elles les entendent crier et chanter, le soleil peut briller / le monde nous appartient.

Elles disent quel tapage, que le monde est plein de bruit, elles les avaient déjà s'emparées des cités meurtrières. Elles sont dans les usines dans les aérodromes dans les maisons de la radio. Elles contrôlent les communications. Elles ont mis la main sur les usines d'aéronautique d'électronique de [illegible]. Elles sont dans [illegible] les hauts fourneaux les chantiers dans les arsenaux les raffineries les distilleries. Elles se sont emparées des sources des [illegible] des leviers des laminoirs des grues des poulies des cuves des turbines [illegible] des arcs des [illegible]ment. Elles disent qu'elles les voient se déployer avec force et bonheur. Elles disent qu'elles les entendent crier et chanter, le soleil va briller / le monde nous appartient.

Voyez-le ce mal jambé qui cache ses mollets de toutes les façons. Voyez sa démarche timide et sans audace. Dans ses villes, il est aisé d'entreprendre contre lui des actions violentes. Vous le guettez au coin d'une rue la nuit. Il croit que vous lui faites signe. Vous en profitez pour vous emparer de lui par surprise, il n'a même pas le réflexe de crier. Embusquées dans ses villes vous le chassez, vous vous saisissez de lui, vous le capturez, vous le surprenez en criant de toutes vos forces.

Elles disent qu'elles ne pourraient pas manger du lièvre du veau ou de l'oiseau, elles disent que des animaux elles ne pourraient pas en manger, mais que de l'homme oui, elles peuvent. Il leur dit en redressant la tête avec orgueil, pauvres malheureuses, si vous le mangez, qui ira travailler dans les champs, qui produira la nourriture les biens de consommation, qui fera des avions, qui les pilotera, qui fournira des spermatozoïdes, qui écrira les livres, qui gouvernera enfin ? Elles alors rient en découvrant leurs dents le plus qu'elles peuvent.

Il se met à pleurer. Et elles disent que non, elles ne pourraient pas manger du lion du chien du puma de l'agneau de la girafe de la souris de la coccinelle du merle de la gibelotte. Elles disent, regardez-le ce mal jambé qui cache ses mollets de toutes les façons. Elles disent que c'est un gibier idéal. Elles disent qu'elles ont besoin de manger pour vivre. Il insiste encore en disant que l'homme est dépourvu de crocs de griffes de trompe de jambes pour courir. Il insiste en disant, pourquoi s'attaquer à un être dépourvu de défense ?

Elles disent que la plupart sont couchés. Ils ne sont pas tous morts. Ils dorment. Elles disent qu'elles sautent comme des jeunes chevaux sur les bords de l'Eurotas. En frappant la terre, elles accélèrent leur mouvement. Elles agitent leurs cheveux comme les bacchantes qui aiment à faire bouger leurs thyrses. Elles disent, allons, d'une main rapide, attachez avec un bandeau vos cheveux qui flottent et frappez la terre. Frappez-la comme une biche, marquez en même temps le rythme nécessaire à la danse, célébrez la belliqueuse Minerve, la guerrière, la plus courageuse des déesses. Commencez à danser. Avancez d'un pied léger, bougez en rond, tenez-vous par la main et que chacune suive le rythme de la danse. Paraissez en avant avec légèreté. Il faut que le cercle des danseuses fasse sa révolution et qu'elles portent leurs yeux de toutes parts. Elles disent, on se trompe fort si l'on s'imagine que j'irai, moi, femme, parler avec violence contre les hommes. Mais il faut comme une chose tout à fait neuve commencer la danse en rond en frappant en mesure le pied contre la terre. Elles disent, élevez-vous lentement deux fois en battant des mains. Frappons la terre, en mesure, ô femmes. Tournez maintenant d'un autre côté et que le pied parte en cadence.

Elles font des gestes de lutte, s'approchant et reculant, en dansant des mains et des pieds. Quelques-unes tiennent des perches de bambou des tiges de sorgho des bâtons de bois dont ceux qui sont longs représentent des lances et des grandes hallebardes, et ceux qui sont courts des épées doubles ou des sabres simples. Se séparant par portes et chemins, elles se bousculent avec impétuosité. Leur violence est extrême. Elles se heurtent avec bravoure. Nulle ne peut leur imposer de frein. Chaque fois qu'on fait ces exercices, il faut réunir plusieurs dizaines d'entre elles afin qu'elles jouent ainsi ensemble.

Elles se tiennent au-dessus des remparts, le visage couvert d'une poudre brillante. On les voit sur tout le tour de la ville, ensemble, chantant une espèce de chant de deuil. Les assiégeants sont près des murs, indécis. Elles alors, sur un signal, en poussant un cri terrible, déchirent tout d'un coup le haut de leurs vêtements, découvrant leurs seins nus, brillants. Les ennemis se mettent à délibérer sur ce qu'unanimement ils appellent un geste de soumission. Ils dépêchent des ambassadeurs pour traiter de l'ouverture des portes. Ceux-ci au nombre de trois s'écroulent frappés par des pierres dès qu'ils sont à portée de jet. L'armée tout entière se rue contre les murs, avec les béliers les lance-flammes les canons les échelles à grappin. Un grand tumulte se fait. Les assiégeants poussent des cris de colère. Elles, faisant moduler leurs voix dans des stridences qui exaspèrent l'oreille, avec les flèches avec les pierres avec la poix brûlante, une à une, soutiennent le siège, ne bougeant pas de leur place si ce n'est pour porter secours à l'une d'entre elles ou pour remplacer une morte. A l'intérieur, des longues processions vont et viennent, les unes portant la poix, les autres l'eau pour éteindre les incendies. Au-dessus des murs les combattantes sont vues, chantant sans s'arrêter, leurs grandes bouches ouvertes sur les dents blanches. Dans leurs visages noircis, les joues brillent encore. Certaines ont de grands rires et, portant en avant leurs seins nus, dans un mouvement brutal, elles manifestent leur agressivité.

ŒDIPA PERNETTE MERCY
GERMAINE DAPHNÉ CYNTHIA
SHIRLEY NIOBÉ HARRIET
ROXANE CAROLINE HULDA
DAISY PRAHOMIRA MANYÉ
FLORENCE SHADTAR ASTA

Elles disent, ils t'ont tenue à distance, ils t'ont maintenue, ils t'ont érigée, constituée dans une différence essentielle. Elles disent, ils t'ont, telle quelle, adorée à l'égal d'une déesse, ou bien ils t'ont brûlée sur leurs bûchers, ou bien ils t'ont reléguée à leur service dans leurs arrière-cours. Elles disent, ce faisant, ils t'ont toujours dans leurs discours traînée dans la boue. Elles disent, ils t'ont dans leurs discours possédée violée prise soumise humiliée tout leur saoul. Elles disent que, chose étrange, ce qu'ils ont dans leurs discours érigé comme une différence essentielle, ce sont des variantes biologiques. Elles disent, ils t'ont décrite comme ils ont décrit les races qu'ils ont appelées inférieures. Elles disent, oui, ce sont les mêmes oppresseurs dominateurs, les mêmes maîtres qui ont dit que les nègres et les femelles n'ont pas le cœur la rate le foie à la même place qu'eux, que la différence de sexe, la différence de couleur signifient l'infériorité, droit pour eux à la domination et à l'appropriation. Elles disent, oui, ce sont les mêmes oppresseurs dominateurs qui ont écrit des nègres et des femelles qu'ils sont universellement fourbes hypocrites rusés menteurs superficiels gourmands pusillanimes, que leur pensée est intuitive et sans logique, que chez eux la nature est ce qui parle le plus fort et cætera. Elles disent, oui, ce sont les mêmes oppresseurs dominateurs qui dorment couchés sur leurs coffres pour protéger leur argent et qui tremblent de peur quand la nuit vient.

Elles sont sur leurs chevaux bondissants, sans cesse cabrés. Elles se portent sans ordre à la rencontre de l'armée ennemie. Elles ont peint leurs figures et leurs jambes de couleurs vives. Les cris qu'elles poussent sont si terribles que beaucoup parmi leurs adversaires lâchent leurs armes, courant droit devant eux en se bouchant les oreilles. Elles sont sur les crêtes qui dominent le passage. Dans cette position stratégique qui est tout à leur avantage, elles portent les arcs en avant et tirent des milliers de flèches. Alors l'ordre de l'armée se rompt. Tous se mettent à courir dans la plus grande confusion, certains vont vers la sortie du passage, d'autres tentent de revenir sur leurs pas. Ils se heurtent et se bousculent en fuyant, ils trébuchent sur les corps des blessés et des morts. Aucun ordre n'est plus entendu. On perçoit les cris de désespoir de panique les hurlements de douleur. Beaucoup jettent leurs épées qui entravent leur course. Quelques-uns grimpent vers les collines en faisant signe qu'ils se rendent, ils sont aussitôt abattus. Quand le fond de la vallée est devenu un charnier, elles brandissent leurs arcs au-dessus de leurs têtes, elles poussent des cris de victoire, elles entonnent un chant de mort où ces paroles sont entendues, vautour à la tête chauve / frère des morts / vautour fais ton office / avec ces cadavres que je t'offre / reçois aussi ce vœu / que jamais mes flèches ne se plantent dans tes yeux.

Les Ophidiennes les Odonates les Oogones les Odoacres les Olynthiennes les Oolithes les Omphales celles d'Ormur celles d'Orphise les Oriennes ont passé à l'attaque, rassemblées. Les convois qui les suivent portent les armes la nourriture les vêtements. Ils se déplacent la nuit, rejoignant les armées au point du jour quand elles se retirent après avoir livré bataille. Leur arme la plus redoutable est l'ospah. Elles la tiennent dressée au-dessus de leurs têtes et la font tourner à toute vitesse avec des moulinets de leur bras droit comme avec un lasso qu'on projette devant soi ou comme la lanière de cuir munie de bolos que l'on lance autour des jambes des chevaux sauvages pour les entraver. L'ospah est invisible tant qu'elle n'entre pas en action. Quand elle est maniée au cours du combat elle se matérialise en un cercle vert qui crépite en exhalant des odeurs. Elles créent ainsi avec l'ospah, en la faisant bouger à toute vitesse dans une direction donnée, un champ mortel. Aucun rayon, aucun coup de feu, aucune fulguration ne sont vus qui partiraient de l'ospah. La coalition des O est formée par des combattantes acharnées pleines de courage audacieuses âpres, qui ne reculent pas.

Les petites filles ont posé leurs fusils. Elles avancent dans la mer et s'y plongent, la sueur coulant le long de leur cou, sous leurs aisselles, dans leur dos. Ou bien, étendues sous le soleil, elles parlent à grand bruit. Quelques-unes, ne pouvant pas rester en place, sautent dans le sable et se bousculent. L'une d'entre elles, toute nue, avec ses tresses de cheveux sur chaque épaule, debout devant un groupe, récite tout d'un trait, est-ce vraiment la plus belle chose sur la terre sombre un groupe de cavaliers dont les chevaux vont au trot ou bien une troupe de fantassins martelant la terre ? Est-ce

VINCENTE CLOTILDE NICOLE SUKAINA XU-HOU ANACHORA OLYMPE DELPHINE LUCRÈCE ROLANDE VIOLE BERNARDA PHUONG PLANCINE CLORINDE BAO-SI PULCHÉRIE AUGUSTA vraiment la plus belle chose une escadre de navires flanc à flanc ? Anactoria Kypris Savé ont une démarche une grâce un éclat rayonnant du visage qui font plus de plaisir à voir que tous les chariots des Lydiens et leurs guerriers chargeant dans leurs armures. Elles alors applaudissent.

Elles disent qu'ils mettent tout leur orgueil dans leur queue. Elles se moquent, elles disent que leur queue ils la voudraient longue, mais qu'ils se sauveraient en couinant dès qu'ils marcheraient dessus. Elles s'esclaffent et se mettent à imiter quelque animal saugrenu qui a du mal à se déplacer. Quand elles ont un prisonnier, elles le mettent nu et le font courir dans la rue en criant, elle est ta verge / vergette / batogue baguette / broche brochette / verge de plomb. Quelquefois il s'agit d'un beau corps évasé aux hanches où la peau est miellée où les muscles n'apparaissent pas. Elles le prennent alors par la main et le caressent pour lui faire oublier tous leurs mauvais traitements.

Elles disent, esclave tu l'es vraiment si jamais il en fut. Ils ont fait de ce qui les différencie de toi le signe de la domination et de la possession. Elles disent, tu ne seras jamais trop nombreuse pour cracher sur le phallus, tu ne seras jamais trop déterminée pour cesser de parler leur langage, pour brûler leur monnaie d'échange leurs effigies leurs œuvres d'art leurs symboles. Elles disent, ils ont tout prévu, ta révolte ils l'ont d'avance baptisée révolte d'esclave, révolte contre nature, ils l'appellent révolte par laquelle tu veux t'approprier ce qui leur appartient, le phallus. Elles disent, je refuse désormais de parler ce langage, je refuse de marmotter après eux les mots de manque manque de pénis manque d'argent manque de signe manque de nom. Je refuse de prononcer les mots de possession et de non-possession. Elle disent, si je m'approprie le monde, que ce soit pour m'en déposséder aussitôt, que ce soit pour créer des rapports nouveaux entre moi et le monde.

Elles avancent les unes à côté des autres dans un ordre de progression géométrique. L'espace de plusieurs mètres qu'elles ménagent entre elles, de loin n'est pas visible. La première rangée qui avance couvre la largeur de la plaine. Les hauts immeubles s'écroulent comme des jeux de cartes sur leur passage en dégageant une poussière épaisse sur laquelle elles marchent. La deuxième rangée de combattantes progresse à quelque cent mètres derrière la première, couvrant comme elle toute la largeur de la plaine. Elles sont suivies d'une autre rangée à la même distance, d'une autre encore, jusqu'à ce qu'on ne puisse plus distinguer leurs silhouettes confondues avec l'horizon.

Aussi loin qu'on peut regarder, aucune maison n'est debout. Les combattantes portent à deux mains une petite sphère dont la partie en forme de cratère est dirigée devant elles à hauteur de leurs ceintures. Sur tout obstacle qui se présente à leur progression, elles projettent un faisceau de rayons convergents dont le point d'impact se signale par une lueur fuligineuse, un éclat bref, ce qui fait que tout objet qui se trouve dans le champ des rayons est instantanément détruit. Elles portent des vêtement tout d'une pièce, faits d'une espèce de métal. Leurs figures, que les sphères à rayons éclairent par intermittence, ressemblent à des grosses têtes d'insectes avec des antennes et des yeux pédonculés.

Elles attendent les messagères sur le pas de leurs portes, le sourire aux lèvres. Elles ont défait leurs cheveux, elles ont revêtu les costumes de guerre qui laissent les corps libres de leurs mouvements. A l'intérieur des maisons elles ont répandu l'eau de vaisselle et le linge sale. L'une d'entre elles debout au milieu de la place tourne lentement sur elle-même les bras étendus de part et d'autre du corps en disant, le jour d'été est brillant mais plus brillant encore est le sort de la jeune fille. Le fer plongé dans la glace est froid, mais plus froid encore est le sort de la femme qui a contracté mariage. La jeune fille est dans la maison de sa mère comme la semence dans la terre féconde. La femme est sous le toit de son mari comme le chien dans les chaînes. Rarement l'esclave goûte la douceur de l'amour, la femme jamais.

Elles font revenir à la vie ceux qui ont bâti leur célébrité sur leur ruine en exaltant leur esclavage soit dans leurs écrits soit dans leurs lois soit dans leurs actes. Pour eux sont préparées les machines à étirer les

RAYMONDE ATALA ENRICA
CALAMITÉ AMANDE COSIMA
GARANCE RÉGINE NÜ-TIAO
GELSOMINA SHOGUN ALICE
OLUMÉAÏ GYPTIS NÜ-TIAO
BENJAMINE SÉLÉNÉ CURACA

filières les machines à tordre à mouliner. Elles bouchent leurs oreilles avec de la cire pour ne pas entendre leurs cris discordants. Quand elles les ont fait détremper dans des bains d'eau mêlée d'acide, quand elles les ont filés étirés tordus battus, elles traitent leur peau suivant la technique habituelle du corroyage ou bien elles les font sécher au soleil sans aucun soin ou bien elles les exposent avec des étiquettes qui rappellent les noms de leurs anciens propriétaires ou qui retracent leurs formules les plus frappantes. C'est un sujet de plaisanteries incessantes entre elles. Elles mettent sans arrêt en doute l'attribution de telle formule ou de tel nom à telle peau qu'elles jugent trop vieille pour la formule du point de vue de la chronologie ou au contraire trop récente.

Elles disent, malédiction, c'est par la ruse qu'il t'a chassée du paradis de la terre, en rampant il s'est insinué auprès de toi, il t'a dérobé la passion de connaître dont il est écrit qu'elle a les ailes de l'aigle les yeux de la chouette les pieds du dragon. Il t'a faite esclave par la ruse, toi qui as été grande forte vaillante. Il t'a dérobé ton savoir, il a fermé ta mémoire à ce que tu as été, il a fait de toi celle qui n'est pas celle qui ne parle pas celle qui ne possède pas celle qui n'écrit pas, il a fait de toi une créature vile et déchue, il t'a bâillonnée abusée trompée. Usant de stratagèmes, il a fermé ton entendement, il a tissé autour de toi un long texte de défaites qu'il a baptisées nécessaires à ton bien-être, à ta nature. Il a inventé ton histoire. Mais le temps vient où tu écrases le serpent sous ton pied, le temps vient où tu peux crier, dressée, pleine d'ardeur et de courage, le paradis est à l'ombre des épées.

Des canots monocycles, embusquées derrière les rochers, elles attaquent les étrangers barbus quand ils entreprennent un débarquement. Elles font faire marche arrière à leurs machines s'ils renoncent à leur projet, et se dissimulent du mieux qu'elles peuvent. Se relayant aussi souvent qu'il est nécessaire pour ne pas réduire la vitesse de leur propulsion, elles actionnent leurs canots à l'aide des manivelles. L'une des manivelles se trouve à l'avant du canot, commandant la marche arrière, l'autre à l'arrière commande à l'avancée. Un remous très violent d'eau secouée déborde le canot par-dessous. Les éclaboussures font des traces blanches de sel sur les poitrines nues, de la couleur du cuivre. Elles restent cachées tant que les étrangers sont à l'écart des côtes. Elles s'avancent à découvert s'ils font mine d'approcher et elles les accueillent par des nuées de flèches.

Elles font des plaisanteries sur ce qu'il a été convenu d'appeler les choix des époux.

L'une d'entre elles cite Gyptis qui pour cette procédure a présenté une coupe au seul Euxène. Une autre parle de Draupadi qui a pris cinq époux. Du premier il est dit que Draupadi l'a comparé à la prunelle de ses yeux, du deuxième il est dit qu'elle l'a comparé à la lumière de sa vie, du troisième il est dit qu'elle l'a comparé aux trésors de sa maison, du quatrième il est dit qu'elle l'a comparé à un jeune acacia, du cinquième il est dit qu'elle s'est plu à l'appeler le rempart de ses forces. Quelqu'une évoque les Sarmates, les cavalières, les tireuses d'arc, les lanceuses de javelots qui n'ont pris des époux que quand elles ont eu tué trois ennemis au moins. Une autre nomme celles qui ont reçu le jour de leurs noces des chevaux tout équipés des boucliers avec les framées et les glaives. Une d'entre elles se lève honorant celles de Lemnos qui toutes ont massacré leurs époux et se sont rendues maîtresses de l'île. Alors quelqu'une se met à chanter, envers vous, mes très belles, ma pensée ne changera jamais.

Elles disent, malheureuse, ils t'ont chassée du monde des signes, et cependant ils t'ont donné des noms, ils t'ont appelée esclave, toi malheureuse esclave. Comme des maîtres ils ont exercé leur droit de maître. Ils écrivent de ce droit de donner des noms qu'il va si loin que l'on peut considérer l'origine du langage comme un acte d'autorité émanant de ceux qui dominent. Ainsi ils disent qu'ils ont dit, ceci est telle ou telle chose, ils ont attaché à un objet et à un fait tel vocable et par là ils se le sont pour ainsi dire appropriés. Elles disent, ce faisant ils ont gueulé hurlé de toutes leurs forces pour te réduire au silence. Elles disent, le langage que tu parles t'empoisonne la glotte la langue le palais les lèvres. Elles disent le langage que tu parles est fait de mots qui te tuent. Elles disent, le langage que tu parles est fait de signes qui à proprement parler désignent ce qu'ils se sont appropriés. Ce sur quoi ils n'ont pas mis la main, ce sur quoi ils n'ont pas fondu comme

DÉMÉTER CASSIA POPÉE
TAI-SI FATIMA OPALE
LEONORE EMMANUELLE
BO-JI SHIRIN AGATHE
KEM-PHET MELISANDE
IRÈNE LEOKADIA LAURE

des rapaces aux yeux multiples, cela n'apparaît pas dans le langage que tu parles. Cela se manifeste juste dans l'intervalle que les maîtres n'ont pas pu combler avec leurs mots de propriétaires et de possesseurs, cela peut se chercher dans la lacune, dans tout ce qui n'est pas la continuité de leurs discours, dans le zéro, le O, le cercle parfait que tu inventes pour les emprisonner et pour les vaincre.

L'une d'entre elles raconte l'histoire de Vlasta. Elle dit comment sous l'impulsion de Vlasta s'est créé le premier Etat des femmes. Par vingtaines de milliers les jeunes femmes de Bohème ont rejoint, en Moldavie, Vlasta et ses troupes. Les forteresses carpathiennes sont vues sur le haut des monts avec leurs murs de grès rose. Dans leurs cours après les exercices d'armes, assemblées, elles composent des chants et inventent des jeux. Une autre d'entre elles rappelle que dans l'Etat des femmes les hommes n'ont été tolérés que pour les besognes serviles et qu'il leur a été interdit sous peine de mort de porter les armes ou de monter à cheval. Aux ambassadeurs de Bohème venus en grande colère leur enjoindre de se soumettre, elles font la nique et les pieds de nez et les renvoient, émasculés. Plus tard elles mettent en déroute des troupes nombreuses et entrent dans une longue guerre au cours de laquelle les guerrières de Vlasta ont appris à toutes les paysannes qui se sont jointes à elles le maniement des armes.

Elles disent, qu'ils vivent, qu'ils meurent, ils n'ont plus le pouvoir. Elles sont assises en cercle. Quelques-unes ont dégrafé leurs tuniques à cause de la chaleur. Leurs seins touchent leurs genoux. Leurs cheveux sont tordus en mèches innombrables. Elles disent qu'elles ont instruit les rapides coureuses, les porteuses de nouvelles. En attendant leur venue elles chantent, assises par groupes ou accroupies sur leurs talons, des chants anacycliques comme, si les esclaves / contre leur volonté s'épuisent / debout en injuriant / des maîtres haïssables / ils meurent mais sans qu' / ils laissent tomber leurs armes / trop ardents au combat / pour fuir et se cacher.

Elles disent, vile, vile créature dont la possession équivaut au bonheur, bétail sacré qui va de pair avec les richesses, le pouvoir, le loisir. En effet n'a-t-il pas écrit, le pouvoir et la possession des femmes, le loisir et la jouissance des femmes ? Il écrit que tu es monnaie d'échange, que tu es signe d'échange. Il écrit, troc, troc, possession acquisition des femmes et des marchandises. Mieux vaut pour toi compter tes tripes au soleil et râler, frappée de mort, que de vivre une vie que quiconque peut s'approprier. Qu'est-ce qui t'appartient sur cette terre ? Seule la mort. Nulle force au monde ne peut te la dérober. Et — raisonne explique-toi raconte-toi — si le bonheur c'est la possession de quelque chose, alors tends à ce bonheur souverain — mourir.

Elles disent qu'elles chantent avec une si parfaite fureur que le mouvement qui les porte est irréversible. Elles disent que l'oppression engendre la haine. On les entend de toutes parts crier haine haine.

Elles menacent elles attaquent elles conspuent elles les invectivent elles les huent elles leur crachent à la figure elles les bafouent elles les provoquent elles les narguent elles les apostrophent elles les malmènent elles les brusquent elles leur parlent crûment elles les exècrent elles leur font des imprécations. Une si parfaite fureur les habite qu'elles bouillonnent elles tremblent elles suffoquent elles grincent des dents elles écument elles flamboient elles jettent feu et flamme elles bondissent elles vomissent elles se déchaînent. Alors elles les mettent en demeure elles les admonestent elles leur mettent les couteaux sous la gorge elles les intimident elles leur montrent le poing elles les fustigent elles leur font violence elles leur font part de tous leurs griefs dans le plus grand désordre elles jettent çà et là le brandon de la discorde elles provoquent des dissensions entre eux elles les divisent elles fomentent des troubles des émeutes des guerres civiles elles les traitent en ennemi. Leur violence est déchaînée elles sont au paroxysme de leur fureur, elles apparaissent dans leur enthousiasme dévastateur les regards farouches les cheveux hérissés,

VOLUMNIE YAO SHAGHAB
OPPIENNE LUCIE AUDE
HEDVIGE LÉONE AGNÈS
TAMARA FRANCE AHON
SORANA RUZENA SALLY
SU-YEN KIUNG TERESA

serrant les poings rugissant se ruant criant abattant avec rage quiconque dit d'elles que ce sont des femelles qui ressemblent à des femmes quand elles sont mortes.

Des grandes lames dont le tranchant est comparable à celui des rasoirs sont disposées en quinconce parallèlement au sol à des hauteurs diverses tout autour du camp. Quand on arrive de face elles apparaissent comme une série de lignes brisées. La nuit elles sont invisibles. Des sentinelles veillent derrière les faux à ce qu'aucun assaillant ne puisse déjouer le dispositif. Les autres dorment malgré les coups de feu, malgré les cris de douleur et de surprise des victimes qui se font entendre à maintes reprises en différents points. Au matin des équipes relaient les sentinelles et ramassent dans des grandes corbeilles les tronçons de corps sectionnés par les lames. Ce peut être des têtes des bustes des jambes une par une ou jointes au bassin un bras, suivant la hauteur à laquelle les attaquants ont buté sur les faux. L'ensemble des corps sont enterrés dans une grande fosse qu'elles comblent et qu'elles surmontent d'un tas de terre. Alors elles y plantent leurs drapeaux en grand nombre, quelques-unes y sèment des fleurs. Debout elles entonnent un chant de deuil pour ceux qui sont morts au combat.

De l'armée de Sporphyre il est dit qu'elle s'avance comme Koo, superbe, féroce, chevauchant un tigre, belle de visage. Elles disent de l'armée de Wou qu'elle est toujours sur pied de guerre comme Sseu-Kouan aux onze têtes, aux multiples bras, qui porte un œil sur chacune de ses paumes. Celles de Perségame vont par plusieurs, semant le désordre et la confusion, déchaînant autour d'elles le désir de l'orgasme comme Obel à la tête de chat. Elles disent que dans les troupes ennemies certaines s'infiltrent, le corps peint, bleues et jaunes, semeuses de défaites, comme les Seumes cruelles. D'Apone, les cavalières ont appris à se tenir fermes sur les chevaux et le soin des campements. Celles de Gathma se disent aptes à détruire les ennemis comme Segma à la tête de lionne, la bien nommée, la puissante, la buveuse de sang.

Elles disent qu'elles ont la force du lion la haine du tigre la ruse du renard la patience du chat la persévérance du cheval la ténacité du chacal. Elles disent, je serai la vengeance universelle. Elles disent, je serai l'Attila de ces féroces despotes, causes de nos pleurs et de nos souffrances. Elles disent, et quand par bonheur toutes voudront se rallier à moi, chacune sera Néron également et mettra le feu dans Rome. Elles disent, guerre, à moi. Elles disent, guerre, en avant. Elles disent qu'une fois qu'elles auront les armes à la main elles ne les abandonneront pas. Elles disent qu'elles secoueront le monde comme la foudre et le tonnerre.

Elles ont calqué leur arme la plus redoutable sur le miroir métallique que les déesses du soleil présentent à la lumière, en s'avançant sur le parvis des temples. Elles se sont servi de sa forme et de sa propriété de réfléchir la lumière. Chacune d'elles tient un miroir à la main. Elles se cachent derrière les hauts callets, les herbes dures des savanes. Elles se servent des rayons du soleil pour communiquer entre elles. Quand il fonctionne comme une arme, le miroir projette des rayons mortels. Elles se tiennent au bord des routes qui traversent les brousses, l'arme levée, tuant tous ceux qui passent, qu'ils soient des animaux ou des humains. Ils ne meurent pas sur-le-champ. Elles alors sont d'un bond près de leur proie et, faisant le signal, immédiatement rejointes par d'autres, elles se mettent à danser en poussant des cris, en se balançant d'avant en arrière, tandis que leur victime se tord au sol, secouée de spasmes et gémissant.

A qui leur demande ce que veut dire le sigle L C D B, elles répondent, vous ne saurez pas de quoi il s'agit. L C D B, elles disent, vous pouvez chercher puisque vous avez la première lettre de chaque mot. Elles disent, ça ne veut rien dire pour vous, même écrit en toutes lettres. L C D B. Elles disent, si je traduis pour vous, La Conjuration De Balkis, qu'en concluez-vous ? Elles disent que les révoltes ont gagné en étendue et en force. Elles disent qu'étant donné leur multiplication, il n'est plus question d'utiliser le sigle au singulier. Elles disent qu'on ne peut plus compter les conjurations de Balkis. Elles disent que les conjurées en se rencontrant font le signe du

THÉOPHANO CEZA OLGA
VIRGILIE PORCIA XU-HOU
ABAN CLÉMENTINE ABRA
HODE MARTHE JACINTHE
MAGGIE URIA DOROTHÉE
AGRIPPINE DIRCÉ NELL

cercle en rapprochant leurs index et leurs pouces qu'elles arrondissent dans cet assemblage. Si les conjurées tournent leur paume vers l'extérieur pour faire le signe du cercle, les pouces étant joints vers le bas, les index vers le haut, c'est que les nouvelles sont bonnes, que la guerre se poursuit avec succès. Si au contraire elles font voir le dos de la main, les index en bas, les pouces en haut, c'est qu'elles ont essuyé des revers quelque part.

Elles crient et accourent vers les jeunes hommes les bras chargés de fleurs qu'elles leur offrent en disant, afin que tout cela ait un sens. Quelques-unes, arrachant des quantités de têtes à leurs fleurs disposées en brassées, les jettent contre leurs joues. Ils secouent leurs cheveux et rient, en s'écartant d'elles et en se rapprochant. Certains s'enfuient et se laissent tomber à terre, mollement, les yeux fermés, les mains tendues. D'autres sont complètement dissimulés par les monceaux de fleurs qu'elles ont jetées sur eux. Il y a des roses des tulipes des pivoines des lupins des pavots des mufliers des asters des bluets des iris des euphorbes des boutons d'or des campanules. Il y a partout sur le sable des pétales et des tronçons de corolles qui font des taches blanches rouges bleu roi bleu pastel bleu outremer jaunes et violettes. Quelques-uns disent qu'ils sont ivres. On les voit se rouler dans les bouquets immenses les gerbes défaites les couronnes démantibulées. Ils se saisissent des fleurs par poignées et, les appliquant contre leurs paupières contre leurs bouches ouvertes, ils se mettent à rauquer doucement.

Quelqu'une raconte une vieille histoire. Par exemple comment Thomar Li la jeune fille aux seins hauts a été surprise avec le bel

Hédon. On parle du châtiment dont ils ont été victimes. Elles disent qu'elles se les représentent, fixés l'un à l'autre, les membres attachés, poignets contre poignets, les chevilles rivées aux chevilles. Elles disent qu'elles se les représentent quand on les a jetés dans le fleuve, sans qu'ils aient un cri de supplication. Elles disent, victoire victoire. Elles disent comment leur attouchement leur est agréable, comment leurs membres se détendent et s'amollissent, comment leurs muscles touchés par le plaisir deviennent souples et légers, comment dans cette position malheureuse, alors qu'ils sont promis à la mort, leurs corps délivrés et pleins de douceur se mettent à flotter, comment l'eau tiède, agréable au contact, les porte jusqu'à une plage de sable fin, où ils s'endorment de fatigue.

Les jeunes hommes se sont joints à elles pour enterrer les morts. D'immenses fosses communes ont été au préalable creusées. Les cadavres sont rangés les uns à côté des autres, portant au front un cercle tracé à l'encre noire. Leurs bras raidis sont maintenus par des liens contre le corps, leurs pieds sont attachés. Tous les corps ont été momifiés et traités avec soin pour une longue conservation. Les fosses ne sont pas recouvertes de terre. Des dalles sont destinés à les fermer suivant un dispositif qui permet de les soulever à tout moment. Elles sont debout au bord des fosses, ceux qui se sont joints à elles sont à leurs côtés, portant comme elles le costume de paix qui est un pantalon noir évasé aux chevilles et une tunique blanche qui serre le buste. A un moment donné elles interrompent leurs discours et, se tournant vers les jeunes hommes, elles leur prennent la main. Alors on reste ainsi en silence, en se tenant par la main, en regardant devant soi les fosses ouvertes.

Elles disent que l'événement est mémorable quoique préparé de longue date et mentionné de façon diverse par les historiens les écrivains les faiseurs de vers. Elles disent que la guerre est une affaire de femme. Elles disent, n'est-ce pas plaisant ? Elles disent qu'elles leur ont craché aux talons, qu'elles ont coupé les tiges de leurs bottes. Elles disent que, pourtant, bien que le rire soit le propre de l'homme, elles veulent apprendre à rire. Elles disent que, oui dorénavant elles sont prêtes. Elles disent que les tétons que les cils courbes que les hanches plates ou évasées, elles disent que les ventres bombés ou creux, elles disent que les vulves sont désormais en mouvement. Elles disent qu'elles inventent une nouvelle dynamique. Elles disent qu'elles sortent de leurs toiles. Elles disent qu'elles descendent de leurs lits. Elles disent qu'elles quittent les musées les vitrines d'exposition les socles où on les a fixées. Elles disent qu'elles sont tout étonnées de se mouvoir.

OMPHALE CORINNE ELFREDA
LU-HOU MEI-FEI VICVAVARA
QI-JI VIJAYA BHATITARIKA
LUDGARDE GERTRUDE DIANE
ROGNEDE MALAN CLÉOPÂTRE
AMÉRIZ BETHSABÉE CLAUDE

De la colline elles descendent en portant des torches. Leurs troupes s'avancent, marchant le jour la nuit. Elles disent, où porter le feu, quelle terre incendier, quel meurtre perpétrer ? Elles disent, non je ne me coucherai pas, non je ne reposerai pas mon corps fatigué avant que cette terre à qui je fus si souvent comparée, bouleversée de fond en comble, soit à jamais incapable de porter des fruits. Elles allument les pins les cèdres les chênes-lièges les oliviers. L'incendie se propage avec une extrême rapidité. Il y a d'abord comme un grondement lointain. Puis c'est un ronflement qui enfle et qui finit par couvrir leurs voix. Elles alors plus rapides que le vent s'enfuient, portant de toutes parts le feu et la destruction. Leurs cris et leur fureur luttent avec le bruit de l'incendie.

Elles disent, tu es rapide comme Gurada la messagère, aux ailes et aux pattes d'hirondelle, qui a dérobé au ciel l'ambroisie et le feu. Elles disent, tu peux comme Esée dérober le pouvoir sur la vie et la mort et devenir comme elle universelle. Elles disent, tu t'avances avec le disque du soleil sur la tête, comme Othar au visage doré qui représente l'amour et la mort. Elles disent, dans ta colère, tu exhortes Out, qui tient le ciel et dont les doigts touchent la terre, à crever la voûte céleste. Elles disent, comme Itaura vaincue, tu réajustes les deux moitiés de ton corps, ciel et terre, debout tu vas en hurlant, en créant des monstres à chaque pas. Elles disent, tu sautes sur les cadavres, les yeux injectés de sang, la langue tirée, les dents en crocs, les paumes des mains rouges, les épaules ruisselant de sang, portant des colliers de crânes, des cadavres à tes oreilles, des guirlandes de serpents autour de tes bras, tu sautes sur les cadavres.

Elles s'adressent aux jeunes hommes en ces termes, jadis vous avez compris que nous nous sommes battues pour vous en même temps que pour nous. A cette guerre qui a été aussi la vôtre vous avez pris part. Aujourd'hui, ensemble, répétons comme un mot d'ordre, que toute trace de violence disparaisse de cette terre, alors le soleil a la couleur du miel et la musique est bonne à entendre. Eux applaudissent et crient de toutes leurs forces. Ils ont apporté leurs armes. Elles les enterrent en même temps que les leurs en disant, que s'efface de la mémoire humaine la guerre la plus longue, la plus meurtrière qu'elle ait jamais connue, la dernière guerre possible de l'histoire. Elles souhaitent aux survivantes et aux survivants l'amour la force la jeunesse, qu'ils fassent une alliance durable sur des bases qu'aucun différend ne pourra compromettre à l'avenir. Quelqu'une se met à chanter, semblabes à nous / ceux qui ouvrent la bouche pour parler / mille grâces à ceux qui ont entendu notre langage / et ne l'ayant pas trouvé excessif / se sont joints à nous pour transformer le monde.

On voit qu'elles ne peuvent plus se porter. Elles marchent en tenant continuellement leurs jambes pliées. Certaines maintenant tombent à terre. On voit qu'elles pleurent. On voit que leurs cheveux tombent le long de leur corps. Elles les ramassent par poignées et les jettent à côté d'elles en boules. Marie-Laure Hibon pleure en disant, où sont mes cheveux longs, mes cheveux blonds et bouclés ? Elles marchent en jetant leurs cheveux près d'elles, sans force semble-t-il pour les piétiner. A côté d'elles des vieilles à cloche-pied les suivent, sautillant et poussant des petits cris, eh quoi, disent-elles, tous ces cheveux. Elles courent alors çà et là en entassant les boules de cheveux jusqu'à faire des masses énormes, certaines sont assises dessus et rient en disant tous ces cheveux. D'autres ne parviennent pas à faire l'ascension du monticule fait de cheveux qu'elles ont ainsi amassés. Elles marchent en tenant leurs jambes continuellement pliées, pleurant semble-t-il la grande peur la grande misère. Certaines tombent par terre, on ne les voit pas se relever. Parfois un hullulement se fait entendre, suivi par d'autres menus dont le son s'assemble. Les hullulements enflent, c'est tout d'un coup comme si deux cents navires en détresse appelaient au secours dans la nuit.

Elles disent, enfer, que la terre soit comme un vaste enfer. Ainsi elles parlent en criant en hurlant. Elles disent, que mes paroles soient comme la tempête le tonnerre la foudre que les puissants laissent tomber de leur hauteur. Elles disent, qu'on me voie partout les armes à la main. Elles disent la colère la haine la révolte. Elles disent, enfer, que la terre soit comme un vaste enfer en détruisant en tuant en portant le feu aux édifices des hommes, aux théâtres aux assemblées nationales aux musées aux bibliothèques aux prisons aux hôpitaux psychiatriques aux usines anciennes et modernes

HIPPOLYTE PÉTRONILLE
APAKOU ÈVE SUBHADRA
LOLA VALÉRIE AMÉLIE
ANIKO CHEN-TÉ MACHA
SÉMIRAMIS THESSA OUR
EURIDYCE SÉ CATHERINE

dont elles délivrent les esclaves. Elles disent, que le souvenir d'Attila et de ses hordes guerrières périsse dans les mémoires à cause de sa fadeur. Elles disent qu'elles sont plus barbares que les plus barbares. Leurs armées s'augmentent d'heure en heure. Des délégations vont au-devant d'elles quand elles s'approchent des villes. Ensemble elles portent le désordre dans les grandes cités, faisant des prisonnières, passant par les armes tout ce qui ne reconnaît pas leur force.

Elles citent les longs vers de, nous sommes vraiment la lie de ce monde. Le froment, le mil, l'épeautre et toutes les céréales / c'est pour les autres que nous les semons, quant à nous, malheureux / avec un peu de sorgho nous nous faisons du pain. / Les coqs les poules les oies les poulardes / ce sont les autres qui les mangent, quant à nous, avec quelques noix / nous mangeons des raves comme font les cochons. / Nous sommes des malheureux et des malheureux nous serons. / Nous sommes vraiment la lie de ce monde. Elles placent comme exergue à cette citation la phrase de Flora Tristan, les femmes et le peuple marchent la main dans la main.

Elles disent, prends ton temps, considère cette nouvelle espèce qui cherche un nouveau langage. Un grand vent balaie la terre. Le soleil va se lever. Les oiseaux ne chantent pas encore. Les couleurs lilas et violet du ciel s'éclaircissent. Elles disent, par quoi vas-tu commencer ? Elles disent, les prisons sont ouvertes et servent d'asiles de nuit. Elles disent qu'elles ont rompu avec la notion de dedans et de dehors, que les usines ont abattu, chacune, un de leurs murs, que les bureaux ont été installés en plein air sur les digues, dans les rizières. Elles disent, on se trompe fort si l'on s'imagine que j'irai, moi, femme, parler avec violence contre les hommes quand ils ont cessé d'être mes ennemis.

Qu'elles marchent ou se tiennent immobiles, toujours leurs mains sont étendues loin de leurs corps. Le plus souvent, elles les portent de chaque côté, à la hauteur des épaules, ce qui les fait ressembler à quelque figure hiératique. Les doigts des mains sont écartés et font un mouvement incessant. Des glandes filières à chacune de leurs extrémités sont au travail. Il en sort par les nombreux orifices des filaments épais à peine visibles qui se mélangent et s'assemblent. Sous l'action répétée du jeu des doigts une membrane se crée entre eux qui semble les unir, puis les prolonge, à la fin elle déborde de la main et descend le long du bras, elle s'étend, elle s'allonge, elle leur fait comme une aile de chaque côté du corps. Quand elles ressemblent à des gigantesques chauves-souris, avec des ailes transparentes, l'une d'entre elles s'approche alors et, détachant de sa ceinture des espèces de ciseaux, elle sectionne en hâte les deux grands pans de soie. Aussitôt les doigts se remettent en mouvement.

Elles sont dos à la ville qu'elles défendent et face aux assaillants qui s'approchent. Leurs corps invulnérables, protégés par la matière ignifuge qui les revêt, qu'aucun impact de balle ne peut entamer, se tiennent rigides et immobiles. De loin on peut croire que ce sont de grands épouvantails debout dont le vent ne fait pas bouger les manches vides. Les assaillants approchent, surpris par leur immobilité. Les premiers sont fauchés par les balles tandis qu'elles se mettent à pousser des cris horribles. La deuxième vague d'assaillants reculent, décontenancés. Elles alors se lancent à leur poursuite et tentent de les atteindre.

Il faut, disent-elles, faire abstraction de tous les récits concernant celles qui parmi elles ont été vendues battues prises séduites enlevées violées et échangées comme marchandises viles et précieuses. Elles disent qu'il faut faire abstraction des discours qu'on leur a fait tenir contre leur pensée et qui ont obéi aux codes et aux conventions des cultures qui les ont domestiquées. Elles disent qu'il faut brûler tous les livres et ne garder de chacun d'eux que ce qui peut les présenter à leur avantage dans un âge futur. Elles disent qu'il n'y a pas de réalité avant que les mots les règles les règlements lui aient donné forme. Elles disent qu'en ce qui les concerne tout est à faire à partir d'éléments embryonnaires. Elles disent qu'en premier lieu le vocabulaire de toutes les langues est à examiner, à modifier, à bouleverser de fond en comble, que chaque mot doit être passé au crible.

ATHÉNAÏS ORÉA CHARLOTTE
BRUNEHAUT RACHEL ELMIRE
RANAVALO ON-TA CALLIOPE
THÉOCTISTE PORPHYRE GOPA
SHÉHÉRAZADE ZUO-WEN-JUN
ENGUERRANDE BULLE MÉDÉE

Sur les places où les tréteaux sont dressés elles chantent et dansent et chantent, dansons la Carmagnole / vive le son / vive le son / dansons la Carmagnole / vive le son du canon. Quelqu'une les interrompt pour célébrer ceux qui dans leur combat les ont rejointes. Sous le soleil alors, un mouchoir sur la tête, elle se met à lire un papier déplié, par exemple, quand le monde changera et que les femmes pourront un jour prendre le pouvoir en main et s'adonner à l'exercice des armes et des lettres dans lesquels sans aucun doute elles ne tarderont pas à exceller, malheur à nous. Je suis persuadé qu'elles nous feront payer au centuple, qu'elles nous feront rester toute la journée à côté de la quenouille, du dévidoir et du rouet, qu'elles nous enverront laver la vaisselle à la cuisine. Nous ne l'aurons pas volé. Toutes à ces paroles crient et rient et se frappent les épaules entre elles pour manifester leur contentement.

Elles disent, honte à toi. Elles disent, tu es domestiquée, gavée, comme les oies dans la cour du fermier qui les engraisse. Elles disent, tu te pavanes, tu n'as d'autre souci que de jouir des biens que te dispensent des maîtres, soucieux de ton bien-être tant qu'ils y sont intéressés. Elles disent, il n'y a pas de spectacle plus affligeant que celui des esclaves qui se complaisent dans leur état de servitude. Elles disent, tu es loin d'avoir la fierté des oiselles sauvages qui lorsqu'on les a emprisonnées refusent de couver leurs œufs. Elles disent, prends exemple sur les oiselles sauvages qui, si elles s'accouplent avec les mâles pour tromper leur ennui, refusent de se reproduire tant qu'elles ne sont pas en liberté.

Elles disent, sans savoir ce qu'ils ont fait, ils ont construit en de nombreux endroits des stupas des dagbas des chortens. Elles disent, ils ont multiplié les signes qui font référence à une conception différente. Elles disent, comment interpréter ces monuments dont le plan de base est le cercle avec toutes ses modalités ? Le bâtiment principal est une hémisphère. Des chemins en font le tour à différents niveaux. On les parcourt dans le sens du soleil. C'est ainsi qu'on passe aux quatre points cardinaux devant celles de l'est qui sont en train de naître, on passe devant celles du sud qui désignent la lumière et dont les visages la renvoient. A l'ouest on passe devant celles qui ont triomphé et imposé leur loi, on passe au nord devant celles qui recueillent tous les récits. Après qu'on a passé un nombre de fois incalculable devant toutes celles-là, on arrive par le chemin ascendant, au zénith, jusqu'à celles qui enregistrent ce qu'elles font à l'est au sud à l'ouest au nord. Leur inscription est une immense portée musicale que des instruments déchiffrent au fur et à mesure. C'est ce qu'on a appelé la musique des sphères.

Elles disent, si je me laisse aller après ces grands travaux, je vais rouler ivre de sommeil et de fatigue. Elles disent, non, il ne faut pas s'arrêter un seul instant. Elles disent, comparez-vous au feu subtil. Elles disent, que votre poitrine soit une fournaise, que votre sang se réchauffe comme un métal qui s'apprête à fondre. Elles disent, que votre œil soit ardent, votre haleine brûlante. Elles disent, votre force, vous la connaîtrez les armes à la main. Elles disent, éprouvez au combat votre résistance légendaire. Elles disent, vous qui êtes invincibles, soyez invincibles. Elles disent, allez, répandez-vous sur toute la surface de la terre. Elles disent, existe-t-il une arme qui peut prévaloir contre vous ?

Elles vont à la rencontre des jeunes hommes, leurs groupes se mélangent formant de longues chaînes. Elles les prennent par la main et leur posent des questions. Elles les entraînent au-dessus des collines. Elles montent avec eux les escaliers des hautes terrasses. Elles les font s'asseoir auprès d'elles sur les terre-pleins. Ils apprennent leurs chants au cours des après-midi chaudes. Ils goûtent leurs fruits à la culture desquels ils s'initient. Ils cherchent à reconnaître les fleurs qu'elles leur désignent dans les parterres les massifs les prés les champs. Elles choisissent avec eux des noms pour ce qui les entoure. Elles leur font regarder l'espace qui de partout s'étend à leurs pieds. C'est une prairie illimitée couverte de fleurs, de pâquerettes au printemps, de marguerites en été, en automne de colchiques blancs et bleus. C'est l'océan vert bleu couleur de lait où passent des bateaux ou bien vide. Ce sont des champs rasés de toute construction qui s'étendent à perte de vue où poussent le blé le seigle ou l'orge verte, le riz de couleur orange. Elles leur font apprécier la douceur du climat, identique suivant les saisons, que les jours et les nuits ne font pas varier.

TAN-JI ŒNANTHÉ PÉLAGIE
LUDOVICA ELISABETH SOUA
CUNÉGONDE PAULINE WACO
BRIGITTE MOANA MÉLUSINE
CHANDRABATI CÉCILE KISI
KAIKEYI MU-GONG MÉLANIE

Les boucliers circulaires les protègent. Toute arme vient s'y briser. Les bombes à fléchettes et les bombes à billes s'enfoncent mollement dans leur matière épaisse. S'ils ont quelque défaut, au premier choc ils se brisent et volent en éclats comme du verre. Un nuage de couleur vive, semblable à un feu de Bengale, s'élève alors dérobant aux regards la porteuse de bouclier. Aussitôt il est remplacé par un autre, passé de main en main. Pendant le jour elles se déplacent à peine. C'est la nuit qu'il se fait de grands mouvements tout au long de leur front de défense, les unes acheminant les approvisionnements, d'autres les armes, d'autres encore tenant à la disposition de l'ensemble du front les nouvelles fraîches.

Les jeunes hommes de loin leur font des signes. Ils ont des vêtements bleus identiques. Leurs visages sont lisses et ronds. Quand ils s'approchent, quelques-unes reprennent avec eux le chant qui les célèbre. On entend distinctement les mots de, beaux visages martiaux et lances de cinq pieds / sur le champ d'exercice au lever du soleil / à celles que nous nommons / point ne plaît la parure rouge / il leur faut parure guerrière.

Des jeunes femmes habillées de noir et porteuses de masques entrent en scène en dansant et chantant. Elles sont armées de gourdins. Elles font en avançant des moulinets. D'autres les suivent avec des fusils qu'elles déposent en faisceaux sur le sol d'herbe. Certaines sont torse nu. Il se fait un grand mouvement tout autour du champ d'armes. Quelques-unes portent des lance-fusées.

Par milliers elles avancent. Toutes ont un couteau long attaché à la ceinture. Elles chantent, les armes déposées sur les collines en éventail / non moins brillantes que les lances des guerres puniques / ne sont pas en sommeil.

Quelqu'une chante en versant des larmes, Mon cœur s'amollit / quand je vois le printemps revenir / l'été reverdir / l'air doux est un poison mortel / la chair de tes lèvres / est à ma bouche / le soleil et la neige. A un moment donné, interrompant son chant, elle tombe à terre, elle se roule sur elle-même, elle se perd dans les sanglots. Aussitôt sont perçus d'autres cris d'autres pleurs. Elles découvrent derrière les arbres un jeune homme prostré tremblant de tous ses membres les joues salies par les larmes, plein de grâce et de beauté. Elles, le prenant dans leurs bras, le portent auprès de la jeune pleureuse, applaudissant quand ils se reconnaissent et s'étreignent. Elles alors disent leur contentement. Elles apprennent au jeune homme qu'il est le premier à les avoir rejointes dans leur combat. Toutes l'embrassent. L'une d'entre elles lui apporte un fusil, disant qu'elle lui en apprendrait le maniement après la fête qu'elles apprêtent en son honneur.

Elles courent aussi vite qu'elles peuvent. Certaines ont des raucités dans la gorge. D'autres ahannent à cause de l'effort. Quelques-unes tombent et ne se relèvent pas. Il faut alors s'arrêter et les porter à quatre sur les épaules. Il faut avec elles courir jusqu'à ce que, reposées, elles puissent de nouveau se déplacer le plus vite possible. L'abri est encore lointain. Quelqu'une, plus résistante, se met à entonner un chant pour leur redonner courage. Elle dit, ne courbe pas la tête / comme quelqu'une qui est vaincue. Elle dit, réveille-toi / reprends courage / la lutte est longue / la lutte est difficile / mais le pouvoir est au bout du fusil. Toutes alors crient leur enthousiasme de toutes leurs forces.

Des jeunes hommes revêtus de combinaisons blanches collant à leurs corps accourent en foule au-devant d'elles. Ils sont porteurs de drapeaux rouges aux épaules et aux talons. Ils se déplacent avec rapidité un peu au-dessus du sol, jambes jointes. Elles, immobilisées, les regardent venir. S'arrêtant à distance et saluant, ils disent, pour toi la victorieuse je me défais de mon épithète favorite qui a été comme une parure. A ma place désormais que l'on t'appelle la trois fois grande, femme trismégyste, tu es rapide comme le mercure et les voleurs de grands chemins, habile à déjouer les complots, maî-

URSULE OBI ANTIGONE
ANTIGONE AGNETHE
NON— SIGNES DÉCHIRANT
SURGIS VIOLENCE DU BLANC
DU VIVACE DU BEL AUJOURD'HUI
D'UN GRAND COUP D'AILE IVRE
TROUÉ DÉCHIRÉ LE CORPS
(INTOLÉRABLE)
ÉCRIT PAR DÉFAUTS

SURGIS NON — SIGNES ENSEMBLE
ÉVIDENTS — DÉSIGNÉ LE TEXTE
(PAR MYRIADES CONSTELLATIONS)
QUI MANQUE

LACUNES LACUNES LACUNES
CONTRE TEXTES
CONTRE SENS
CE QUI EST A ÉCRIRE VIOLENCE
HORS TEXTE
DANS UNE AUTRE ÉCRITURE
PRESSANT MENAÇANT
MARGES ESPACES INTERVALLES
SANS RELACHE
GESTE RENVERSEMENT.

tresse de la vie et de la mort, gardienne de la santé de tes alliés. Ils chantent alors le chant des voleurs, les révoltés aux cheveux longs sont liés pour la vie et la mort / ils ne s'attaquent pas aux voyageurs qui vont seuls / ils ne s'en prennent pas aux désarmés / mais que vienne un fonctionnaire ou un personnage officiel / qu'il soit bon ou corrompu / ils ne lui laissent que la peau sur les os. Elles, s'approchant des jeunes hommes aux cheveux longs, les étreignent de toutes leurs forces.

Elles disent, n'est-ce pas magnifique en vérité ? Les vases sont debout, les potiches ont attrapé des jambes. Les vases sacrés sont en marche. Elles disent, la pente des collines ne va-t-elle pas repousser leur assaut ? Elle disent, les vases désormais vides de semence resserrent leurs flancs. Ils se déplacent lentement d'abord puis de plus en plus vite. Elles disent, c'est le sacrilège, la violation de tous les règlements. Les vases enterrés jusqu'au col et réceptacles des objets les plus divers, spermatozoïdes humains pièces de monnaie fleurs terre messages, elles disent qu'ils se déplacent, lentement d'abord puis de plus en plus vite. A qui demande, pourquoi ces excès ? Ne doivent-ils pas avoir la violence en dégoût ? Leur constitution n'est-elle pas fragile et dès le premier assaut ne se briseront-ils pas s'ils ne sont pas déjà en miettes pour s'être entrechoqués ? Elles disent, écoutez, écoutez, elles crient évohé, évohé, en sautant comme des jeunes chevaux sur les bords de l'Eurotas. En frappant la terre, elles accélèrent leurs mouvements.

Mues par une impulsion commune, nous étions toutes debout pour retrouver comme à tâtons le cours égal, l'unisson exaltant de l'Internationale. Une vieille soldate grisonnante sanglotait comme une enfant. Alexandra Ollontaï retenait à peine ses larmes. L'immense chant envahit la salle, creva portes et fenêtres, monta vers le ciel calme. La guerre est terminée, la guerre est terminée, dit à mes côtés une jeune ouvrière. Son visage rayonnait. Et lorsque ce fut fini et que nous restions là dans une sorte de silence embarrassé, quelqu'une au fond de la salle cria, camarades, souvenons-nous de celles qui sont mortes pour la liberté. Et nous entonnâmes alors la Marche funèbre, un air lent, mélancolique et pourtant triomphant.

Les Guérillères sont le lieu de rencontre de quelques textes, dans lesquels des « prélèvements » ont été effectués, à la fois comme indications des références socio-historico-culturelles du livre et comme indices des distances que le livre tente d'opérer par rapport à elles.

Alphabet des vilains, poème populaire italien, 1525.
Aristophane, *L'assemblée des femmes — Lysistrata.*
Bandello, *Tutte le Opere.*
Beauvoir, *Le deuxième sexe.*
Borges, *Fictions.*
Brantôme, *Les dames galantes.*
Chanson révolutionnaire française.
Chanson des Tai-Ping.
Chesneaux, *Les sociétés secrètes en Chine.*
Clausewitz, *De la guerre.*
Chronique tchèque du Moyen Age.
Confucius, *Le Shi-Jing.*
Dictionnaire de sexologie.
Genèse.
Giap, *Guerre du peuple, armée du peuple.*
Homère, *L'Iliade.*
Jayle, *La gynécologie.*
Kautilya, *L'Arthaçastra.*
Lacan, *Ecrits.*
Laclos, *De l'éducation des femmes.*
Lope de Vega, *Miracle du mépris.*
Mahâbhârata (Le).
Mao Tsé-toung, *De la juste solution des contradictions au sein du peuple.*

Mao Tsé-toung, Problèmes de la guerre et de la stratégie.
Maquet, *Dictionnaire analogique.*
Marcuse, *Eros et civilisation.*
Marx, *La guerre civile en France en 1870.*
Mille et une nuits (Les).
Nietzsche, *La généalogie de la morale — Le gai savoir.*
Pascal, *Pensées.*
Perrault, *Contes.*
Phénarète, *Le livre des nuits.*
Poème vietnamien.
Ponge, *Pour un Malherbe.*
Reed, *Dix jours qui ébranlèrent le monde.*
Ricardou, *L'observatoire de Cannes.*
Robert, *Dictionnaire alphabétique et analogique de la langue française.*
Sahàgun, *Historia general de las cosas de nueva Espana.*
Sapho.
Tchen, *La Chinoise, des origines au XXe siècle.*
Tristan, *L'union ouvrière.*
Zwang, *Le sexe de la femme.*
etc.

Cet ouvrage a été achevé d'imprimer le douze juin mil neuf cent quatre- vingt-dix
dans les ateliers de Normandie Impression S.A. à Alençon
et inscrit dans les registres de l'éditeur sous le n° 2552
Dépôt légal : juin 1990